JE NE SUIS PAS UN ROMAN

Tropismes éditions bénéficient du soutien
de la Région Centre-Val de Loire, de l'État (DRAC Centre-Val
de Loir) et de Ciclic Centre-Val de Loir

67, rue Haute – 41800 Trôo

NASIM VAHABI

JE NE SUIS PAS UN ROMAN

Roman traduit du persan par l’autrice

Pour F.

« Tu n'es pas seul, tu comptes pour mille ;
allume ta propre lumière. »
Rûmi

En ce qui concerne la vie des livres à publier, il est bon de savoir que dans certains pays, ce n'est pas l'éditeur qui a le dernier mot, mais plutôt un bureau rattaché à un ministère, qui décide du destin d'une œuvre. Quel que soit l'intitulé du ministère (l'Intérieur, la Culture ou la Sécurité), il paye des salariés qui travaillent à temps plein pour lire les romans, la poésie, les recueils de nouvelles en attente de publication ; et ils sont censés décider du sort d'un ouvrage, à savoir s'il est publiable ou non. La vie de chaque roman est entre les mains de ce conseil de l'autorisation de publication. C'est une épreuve que toute œuvre littéraire d'écrivain confirmé ou débutant doit passer après que celui-ci a signé un contrat avec son éditeur. L'épreuve finale sera envoyée à ce bureau et si, aux yeux de leurs décideurs, le roman ne se conforme pas aux règles, il sera rejeté. Si le texte traite de sujets politiques ou socialement sensibles, ou s'il incite le lecteur à réfléchir ou l'amène à faire évoluer sa vision du monde, il n'aura pas l'autorisation de publication ; pas davantage s'il touche les mœurs ou s'il utilise des mots étrangers. Si l'on y trouve des scènes érotiques, si les personnages boivent trop d'alcool ou prennent des drogues, s'ils prononcent des gros mots ou s'ils sont homosexuels, la publication du roman pourra aussi être bloquée. L'intitulé de ce poste est « agent lecteur ». Le mot « censeur » est péjoratif et les mots « censure » et « censeur » font aussi partie des termes qu'il est interdit d'évoquer dans un roman, et même de prononcer devant les agents lecteurs.

1. L'autrice

Son premier roman n'avait pas obtenu l'autorisation de publication parce que son sens de l'humour ne plaisait pas aux agents lecteurs ; ils trouvaient ses sarcasmes cyniques, et que le style du texte se moquait des piliers du système. Leur argument était bref et vague mais, au moins, il y en avait un. Son deuxième roman avait été rejeté sans qu'elle sache pourquoi. Leur « non » fut catégorique. Quant à son troisième texte, il était bloqué depuis quatre ans dans le bureau des agents lecteurs, sans la moindre nouvelle. Son éditeur avait passé trois appels, et toujours aucune nouvelle depuis quatre ans. Pour l'éditeur, ce n'était pas un cas isolé, mais pour elle, il s'agissait d'un roman confisqué et elle ne pouvait pas avaler cette frustration ni cette indifférence face à toutes ces années de travail.

Finalement, devant son insistance, son éditeur avait pris rendez-vous auprès du chef du conseil de l'autorisation de publication pour que l'autrice puisse défendre son ouvrage. Il était prêt à l'accompagner dans une tentative de négociation. C'était une pratique possible, mais la plupart des écrivains l'évitaient.

— Pourquoi ? demanda-t-elle.

— Je ne sais pas exactement, répondit l'éditeur. Peut-être par peur, peut-être par dégoût, peut-être parce qu'ils sont convaincus que ce type de démarche n'apporte pas de résultat.

Elle se moquait de ce genre d'idées reçues. Elle voulait savoir pourquoi les agents lecteurs avaient bloqué la publication de son roman ; et la seule personne qui pourrait lui répondre, c'était leur chef. *Je n'ai rien à perdre*, c'est ce qu'elle se dit en montant dans le taxi. C'était un lundi à onze heures, quand elle et son éditeur partirent au Ministère pour se rendre au bureau du chef des agents lecteurs, au deuxième étage.

La secrétaire, souriante et soigneusement maquillée, les guide vers la salle et leur demande « de bien vouloir attendre quelques instants ». Ils entrent dans une pièce spacieuse dans laquelle trône une grande table en bois de noyer entourée de douze ou quatorze chaises. Sur la table sont posées une carafe d'eau et une assiette en porcelaine blanche couverte de biscuits aux amandes. Deux plantes vertes artificielles décorent le coin où se trouve une grande fenêtre. Le regard vif de l'autrice balaie tous les détails, en même temps que ses oreilles captent le moindre bruit. Pas de bruit distinctif ; un silence collé aux murs est de temps en temps perturbé par un ensemble de sons insignifiants venus des corridors. Ils attendent, légèrement gênés par ce silence qui est plus fort qu'eux.

Quelques longues secondes passent avant qu'un quadragénaire, vêtu d'une chemise beige, d'un pantalon en flanelle bleu foncé, la tête à moitié chauve, le visage sans barbe ni moustache, et un dossier bleu ciel à la main, ouvre tranquillement la porte et entre. Il sourit, sans se présenter :

— Monsieur le responsable de notre service avec qui vous avez fixé le rendez-vous a été contraint de partir en voyage pour un grave problème familial. Je le remplace et je vous écoute.

L'éditeur présente l'autrice et évoque le blocage de son roman depuis quatre ans. L'homme met le dossier bleu ciel devant lui sur la table et l'ouvre immédiatement. Elle reconnaît son manuscrit, son roman emprisonné depuis quatre longues années. L'homme le feuillette et lit le rapport de plusieurs pages attaché au texte. Son regard est professionnel et son geste l'est tout autant. Il cite :

— Un excellent roman, bien écrit, qui atteste le talent de son auteur.

L'autrice est étonnée. L'éditeur reprend :

— Franchement, je ne comprends pas pourquoi un tel ouvrage doit rester bloqué aussi longtemps.

— Le rapport ici présent atteste que c'est un grand roman. Dommage qu'il ne puisse pas trouver ses lecteurs, car apparemment, il présente quelques problèmes.

L'homme ne regarde que l'éditeur. L'autrice observe et laisse son éditeur interroger le remplaçant du chef :

— Est-ce que le rapport précise le genre de problème ? On pourrait trouver une solution, un compromis.

— Bien sûr. Nos agents lecteurs sont toujours très précis. Par exemple, ce roman a été lu par quatre agents, dont deux sont docteurs en lettres modernes. À la suite de votre appel, le texte a été lu par une autre équipe. Les deux équipes reprochent à ce roman de noircir l'image de la société.

Le regard de l'agent est perçant. L'autrice réagit :

— Noircir ! Comment ça ? Je n'ai aucun propos qui critique la société. Mes personnages sont des gens ordinaires qui observent. De plus…

L'éditeur continue :

— La force de ce roman, c'est qu'il ne juge pas. Comme vous l'avez lu, vous avez pu constater qu'il raconte une tranche de l'Histoire dans laquelle certains ont joué un rôle actif, certains étaient victimes et certains autres, qui n'étaient ni dans le premier groupe ni dans l'autre, ont continué à vivre et à subir. Ce groupe a été souvent ignoré. Ce texte est l'histoire de ces délaissés.

— Tout à fait. C'est pour cela que nos agents lecteurs sont unanimes pour dire que c'est un excellent texte, hélas avec un peu de pessimisme.

L'autrice prend la parole et demande au remplaçant du chef d'ouvrir l'avant-dernière page du roman et de regarder les derniers dialogues. Elle lui demande de lire à voix haute. Le remplaçant du chef hésite. Elle insiste avec un sourire. Il ouvre le manuscrit et commence à lire, mais pas à haute voix. L'autrice récite son texte, par cœur, jusqu'à la fin du roman qui se termine par un « à demain ».

— Vous voyez ? Il n'est pas pessimiste ! Les deux personnages se quittent en disant « à demain » puisqu'ils ont de l'espoir. L'espoir n'est jamais noircissant. Comment pourrait-on reprocher à un roman qui finit sur « à demain » de faire preuve de noirceur ?

— Oui, mais ce demain aurait un poids symbolique ! Votre demain n'a pas la même signification que le nôtre.

Elle est hébétée. L'éditeur reprend le relais :

— Soyez indulgent ! Donnez-lui l'autorisation de publication. Je garantis qu'il ne posera aucun problème et les conservateurs ne réagiront pas comme vous le craignez.

— Personnellement, je n'ai aucun problème avec ce roman. Mais tout le monde n'est pas du même avis que moi.

Il s'adresse pour la première fois à l'autrice :

— Votre éditeur sait mieux que moi qu'il existe dans nos archives plusieurs centaines de manuscrits dont un certain nombre sont de bons romans et qu'ils sont tous en attente de l'obtention de l'autorisation de publication. Il faut être patient et faire preuve d'une faculté d'adaptation. Sinon, rien n'avance. Je ferai en sorte qu'un autre groupe d'agents lecteurs regarde votre roman et on vous tiendra au courant par l'intermédiaire de votre éditeur, évidemment.

Il se lève, c'est la fin de l'entretien. Les trois s'apprêtent à quitter la salle. Elle d'abord puis son éditeur, sortent dans le large couloir sur lequel s'ouvrent plusieurs portes. Les embrassades brèves et hâtives entre les talons des chaussures et le sol en mosaïque créent un bruit proche du battement du cœur. Marchant vers l'escalier, ils savent qu'il vaut mieux ne rien dire tant qu'ils sont au sein de ce ministère. Tout le monde connaît les règles tacites du jeu de la prudence. Arrivés au pied des marches, l'éditeur décidant d'aller vérifier l'état de sa réservation de stand pour la foire du livre salue son autrice et ils se disent qu'ils s'appelleront. Il monte l'escalier et elle descend lentement en se remémorant les phrases du remplaçant du chef. Marche après marche, elle est de plus en plus persuadée que son roman n'obtiendra jamais d'autorisation. L'étiquette que le rapport a collée à son roman est lourde.

En arrivant au rez-de-chaussée, elle se trouve nez à nez avec le remplaçant du chef qui sort de l'ascenseur, portant toujours le dossier bleu ciel sous le bras. Leurs regards se croisent.

— Ah, tiens !

Elle ne trouve rien à dire.

— J'allais remettre votre roman dans les archives. Voulez-vous m'accompagner pour que je vous montre d'autres textes qui se joignent au vôtre ?

Elle accepte sans hésitation. Ils marchent côte à côte sans rien dire. *Finalement, il n'est pas si misogyne*, se dit-elle. En descendant encore un étage, l'ambiance change. Un couloir ni aussi long ni aussi large que ceux des autres paliers les guide jusqu'à un petit croisement. Le chemin de droite est dédié aux toilettes et au local à poubelles ; dans celui de gauche se trouve une petite salle de surveillance pour la sécurité avec plusieurs écrans et téléphones où un jeune agent est assis, les yeux sur son smartphone ; et au fond, dans le prolongement du couloir, une porte en métal les attend. Pas de bruits ni de va-et-vient comme dans les couloirs des autres étages. C'est un silence de bibliothèque, de salle d'attente de psy, d'église d'une matinée de la semaine, d'unité de soins palliatifs. Un brouillard de silence épais. Le remplaçant du chef sort une clé et ouvre la porte. Elle trouve la salle assez grande, avec une lumière blafarde des tubes fluorescents, et d'une atmosphère lourde, chargée d'une odeur méconnaissable et particulièrement désagréable. Une bibliothèque de manuscrits : des dizaines d'étagères et de rangées, des centaines de papiers debout en file d'attente. Il case le dossier bleu ciel sur une étagère entre deux autres dossiers. *Comment sont-ils rangés ? Selon leur date d'arrivée ? Par ordre alphabétique des auteurs ? Par le nom d'éditeur ?* Elle pense à cela et, avant qu'elle puisse poser cette question, la sonnerie du téléphone du remplaçant du chef brise le faux calme de la salle. Il le sort de sa poche :

— Allô ! Allô ? Attendez, ne quittez pas, je suis dans un endroit où il n'y a pas de réseau.

Il se précipite vers le couloir et fait un signe d'excuse à la femme. La porte se referme avec un léger grincement et elle se retrouve seule avec les manuscrits rangés sur les étagères métalliques. Le sol de la salle en mosaïque blanche et grise reflète la lumière glaciale des tubes fluorescents. Les manuscrits abandonnés ne sont pas encore à l'état de livres, pas de dos, pas de possibilité de lire leurs titres, tous dans une chemise colorée, certaines marron, d'autres blanches, et d'autres encore bleu ciel, habillés à l'identique comme les enfants d'un orphelinat, des bébés arrachés à leurs parents enveloppés dans les couvertures de la maternité. Elle lance un regard à la porte et prend un manuscrit. Elle se dépêche. Elle veut découvrir quelques titres avant que le remplaçant du chef revienne. Chaque panneau est numéroté, chaque étagère aussi. L'un après l'autre, les manuscrits lui dévoilent leurs noms et leurs auteurs avec le rapport portant un numéro : *Ça correspond éventuellement au censeur qui a rédigé le rapport*, pense-t-elle. Le remplaçant du chef les avait appelés les agents lecteurs. *C'est probablement l'intitulé qui est indiqué sur leur fiche de paie*, se dit-elle en feuilletant un manuscrit placé dans une chemise marron sur laquelle trois mots ont été soulignés : « érotique, perturbateur, déconseillé. »

Elle regarde la porte. Pas de bruit, pas de signe de retour du remplaçant du chef.

— Tant mieux ! se dit-elle. Je peux feuilleter quelques manuscrits.

Elle passe d'un rapport à l'autre :

« Trois éléments à modifier : modifier le personnage de la mère (impudique), supprimer les mots surlignés en rouge, trouver un autre métier au personnage secondaire du fils aîné (tatoueur spécialiste dans la manchette japonaise est inacceptable). »

Vérifiant le contenu du manuscrit, elle est surprise d'avoir en main le texte d'un des écrivains reconnus de son pays. Elle vérifie rapidement les commentaires collés sur les dossiers marron, blancs ou bleus. Tous ces manuscrits sont au garde-à-vous, les noms connus, les anonymes, ceux bloqués depuis des années, les nouveaux étiquetés, les textes non autorisés « jusqu'à nouvel ordre », les pavés dont les feuillets ont vieilli, les ouvrages accusés d'usage de termes interdits, de propos politiques, de critiques religieuses, d'érotisme, de tentative de noircissement, de provocation, de nouvelles expériences, de faire rêver, d'imaginer, de créer... Ses gestes sont rapides. En les vérifiant l'un après l'autre et les remettant à leur place, elle essaie d'être méthodique. Pas de place pour la nonchalance. Sa comparaison bien que concise montre que les rapports écrits sur les dossiers en blanc soulignent les « problèmes » superficiels. Il s'agit probablement des manuscrits en vue de l'obtention d'autorisation. Tandis que les commentaires notés sur les dossiers marron sont plus sévères et demandent des suppressions, changements ou remaniements. Quant aux dossiers bleus, ils sont tous marqués par un avis catégorique « Non autorisé ». Elle sort son portable et prend rapidement quelques photos. Elle sait qu'il faut rester prudent. Elle remet le manuscrit à sa place. Vérifiant qu'il n'y a personne derrière la porte, elle s'aperçoit que celle-ci est complètement fermée et ne s'ouvre que de l'extérieur. Elle jette un coup d'œil à l'horloge de son portable, une heure est passée depuis qu'elle s'est séparée de son éditeur au pied de l'escalier. Mais depuis combien de temps le remplaçant du chef a-t-il quitté la salle ? Elle s'en fiche. Elle prend une photo du rapport écrit sur son roman. Le niveau de charge de la batterie de son portable est au rouge. Elle le remet dans sa poche et se contente de contempler les étagères vêtues de bleu ciel. Les épreuves définitives, qui pouvaient fièrement enfiler leur costume de couverture et se vanter en faisant des défilés sur les tables des librairies, portent maintenant un carton bleu ciel numéroté et sont injustement isolées dans cette froide pièce du sous-sol d'un bâtiment administratif.

Elle frappe à la porte en espérant que l'agent de surveillance l'entende. Le silence regagne la salle. Elle est prise de nausées et de vertiges. Elle s'assoit et essaie de respirer profondément. Il fait chaud. *C'est impossible que ce mec m'ait oubliée*, pense-t-elle. Quelques secondes passent ; ou quelques minutes. Elle parcourt la salle à la recherche d'une prise électrique pour brancher son portable. Pas de prise, son téléphone est en phase terminale. Elle essaie de passer un coup de fil à son éditeur. Pas de réseau. Elle retente sa chance en envoyant un SMS ; sans succès. *Il est quelle heure ?*

Son portable s'éteint. Pas de fenêtre dans cette salle blanche.

Mais où est-il passé ? se demande-t-elle. Elle ne connaît pas le nom du remplaçant du chef. Et si l'agent de sécurité arrive et lui demande ce qu'elle fait dans cette salle ? Elle prépare ses phrases : « J'étais en rendez-vous avec le chef… » Et frappe à la porte, cette fois-ci plus rassurée.

Il n'y a aucune raison de s'inquiéter. Elle s'inquiète.

Où est l'agent ? Son service est-il terminé ? Il doit forcément être remplacé par quelqu'un d'autre. Elle donne des coups sur la porte avec les deux mains, plus fort et sans s'arrêter. *Il est sourd, peut-être. Ça m'étonne pas qu'ils choisissent un sourd et muet pour surveiller cette prison. Leur logique n'a rien à voir avec la nôtre.* Elle cède, debout, s'adossant contre la porte, elle pose ses mains à plat sur son front. *Il est quelle heure ?*

Des secondes passent, ou des minutes.

J'ai si faim ! Elle donne des coups secs sur la porte, puis elle se lasse et ne frappe plus.

Depuis quand je n'ai rien mangé ? J'aurais dû prendre un biscuit aux amandes quand j'étais dans la salle. Elle recommence à frapper très fort à la porte.

Des minutes passent, ou des heures.

Elle jette son portable et le regrette tout de suite.

Pourquoi cette saloperie de portable est-il mort ? Elle cesse de taper ; adossée contre la porte, elle s'étale sur le sol.

Comment savoir s'il fait encore jour ou si la nuit est tombée ?

Mais comment faire pour aérer cette salle ? C'est comme une morgue ici ! Elle a la bouche sèche.

Il n'y a aucune raison de paniquer. Pourquoi je panique, moi ? Elle tend l'oreille.

Des heures passent, de très longues minutes, ou des secondes. Un silence sans calme ; un calme angoissant ; une angoisse grandissante envahit la salle ; une salle menaçante ; une menace tangible mais indéfinissable comme une odeur inconnue que la mémoire reconnaît sans pouvoir l'identifier.

Elle continue à parler à haute voix : « Ne t'inquiète pas, ici, il y a des milliers de personnages. Tu ne peux pas te sentir seule dans cette bibliothèque des interdits ; profites-en bien. » Elle ouvre un dossier et en sort le texte. Assise, elle se met à lire. Au bout de quelques pages, elle entend des bruits de pas ; elle sursaute :

— Hé ho ! On m'a oubliée ici. Vous m'entendez ?

Elle les entend. Deux hommes parlent. Elle colle l'oreille à la porte :

— C'est quoi ce bruit ? dit l'un des deux hommes.

— Rien ! Ici, il n'y a rien d'autre que des romans, répond l'autre et il reprend. Ils discutent des travaux à venir.

Elle frappe à la porte de toutes ses forces et crie :

— Ce n'est pas rien ! C'est moi !

Les voix des deux hommes s'éloignent.

Elle crie encore plus fort en tapant sur la porte :

— Je ne suis pas un roman ! Je suis une autrice ! Ouvrez-moi. Vous m'entendez ! Ce n'est pas possible, quoi !

Elle tape avec hystérie et crie pendant quelques minutes, bien qu'elle sache qu'ils ne sont plus là. Elle cède à la panique. La panique la fait céder. Il n'y a rien d'autre à entendre que les bruits de son corps : le battement du cœur, le gargouillement du ventre, le craquement des articulations. Elle bâille, *c'est le manque d'oxygène.* Elle n'a aucune idée de l'heure qu'il est.

Quand on passe son temps dans l'attente, où s'écoule-t-il ? Comment passe-t-il ? Chaque seconde devient l'équivalent d'un jour et les jours se rejoignent par douzaines ; le temps se moque des mortels, l'injuste qu'il est, il arrive à nous jouer des tours.

Elle reprend le texte. Un roman d'amour qui se déroule pendant la guerre. C'est probablement l'amour qui l'a fait entrer dans cette chemise bleue. *En tout cas, ils dédaignent l'amour et détestent qu'on parle de la guerre qu'ils ont déclenchée, et apparemment ils n'apprécient guère le texte. Voilà pourquoi ce manuscrit est condamné. Pourtant, il n'est pas bien écrit. On dirait que son auteur n'a rien lu de toute sa vie !* Elle le jette et bâille encore. Elle se met à marcher, à faire les cent pas.

Est-ce qu'il l'a fait exprès ? Comment pourrait-il avoir oublié qu'il m'a laissée dans cette salle ? Quelle était son arrière-pensée ? Me laisser seule avec les romans ? C'était peut-être une menace, ou juste un oubli. Quel est le message de cet acte ? Sans vouloir être paranoïaque, comment est-il possible qu'un responsable oublie d'avoir emprisonné quelqu'un dans une salle quasi abandonnée ?

Bien qu'elle sache que son portable ne marche plus, elle le sort de sa poche et essaie de l'allumer ; elle a besoin de savoir l'heure. L'appareil a rendu l'âme. Son regard contemple la salle en cherchant une prise, une petite fenêtre, un trou par lequel elle puisse voir dehors. Après la soif, la faim, la panique, la chaleur, la fatigue, c'est l'envie d'uriner qui se montre persistante. Pas d'autre choix ni d'autre possibilité. Les besoins d'uriner et de dormir sont les moins contrôlables de tous. Elle réfléchit pour pouvoir bien s'organiser : *Je ne peux pas pisser sur la mosaïque.* Ses yeux repèrent dans deux coins de la salle deux taches et, en s'approchant, elle s'aperçoit qu'il s'agit d'une sorte de cendre.

Une petite masse de cendre ou une poignée de poudre grise. *Qu'est-ce que c'est que ça ?* Elle la touche. C'est bien une poudre, elle la sent, mais elle reste incapable de définir l'odeur, ni bonne ni insupportable, de cette matière bizarre. *Je m'en fiche. En tout cas, c'est parfait pour pisser dessus.* Elle se dépêche, baisse son pantalon et se met en position semi-accroupie. *Pourvu que ce remplaçant du chef n'ouvre pas la porte tout de suite !* La délivrance. Elle prend un bout de papier dans son sac et l'utilise comme une pelle pour couvrir la poudre mouillée par un peu de poudre grise de l'autre coin de la salle, ni vu ni connu.

Elle entend un léger bruit de l'autre côté de la porte, ou du moins elle a envie de l'entendre :

— Il y a quelqu'un ? S'il vous plaît, je suis coincée ici. Vous m'entendez ? Mais putain, pourquoi personne ne passe par ce maudit couloir de merde ?

Aucune réponse. Elle bâille. *C'est peut-être l'heure de dormir. C'est vrai que je suis une couche-tôt. Mieux vaut dormir et, demain, il y aura sans doute quelqu'un qui passera. Il y aura des romans à mettre en attente d'autorisation. Quelqu'un va passer pour ranger un manuscrit dans leurs archives à la con.*

Elle se recroqueville dans un coin de la salle, entre les deux angles, et pense *ce ne sont pas que des romans qui vivent dans cette salle. Il faut que j'écrive sur cette absurdité.* Elle ferme les yeux en s'adossant au mur.

2. L'éditeur

Son passage au troisième étage du Ministère était inopiné. Après la réunion, en saluant son autrice, il décide soudain de monter un étage pour rendre une brève visite au responsable de la foire du livre et en profiter pour confirmer sa réservation pour le plus grand stand situé dans un endroit stratégique du hall principal du salon. La réservation officielle a été effectuée quelques semaines auparavant. Néanmoins, il trouve plus sympathique de passer voir le responsable de l'événement. La foire du livre est un événement majeur au cours duquel il fait près de cinquante pour cent de son chiffre d'affaires. Pour sa maison d'édition, qui signe plus de cent contrats par an pour obtenir l'autorisation d'en publier la moitié, et qui sort environ cinquante titres par an pour bien vendre un tiers d'entre eux, les ventes de la foire sont nettement meilleures qu'en fin d'année. Avec les ventes de seulement la moitié de ces dizaines de titres, il peut faire vivre sa maison d'édition. « Il faut être vraiment fou pour s'entêter à publier de la littérature dans des conditions pareilles », entend-il souvent, et il répond ainsi : « J'assume ma folie. Je ne sais rien faire d'autre et je n'ai rien à perdre. »

Il sort du ministère, respire à fond et absorbe l'air frais de ce début d'après-midi. Il déteste l'odeur des corridors du bâtiment, un édifice en béton qui n'a rien de comparable avec l'ancienne demeure des « affaires culturelles ». La bâtisse du XVIIIe siècle était entourée d'un magnifique jardin d'orangers dont le parfum concurrençait au printemps celui des rosiers. Elle fut rasée et remplacée par un grand bâtiment administratif de plusieurs étages et, le plus important, fut effacée des mémoires. Il est convaincu que les autorités détestent tout ce qui réveille la mémoire historique et collective ; tous les romans qui traitent ce sujet furent ainsi confisqués. *La nouvelle génération pense que les affaires culturelles ont toujours été gérées dans cette étable puante*, pense l'éditeur, et il sort son paquet de cigarettes. Pour le grand fumeur qu'il est, c'est un cruel châtiment de ne pas pouvoir en allumer une pendant des heures. Il tasse son paquet, et l'ouvre. L'air est doux pour un après-midi du milieu de l'été. Il se met à marcher, tapotant doucement son paquet, en retire une tige, par habitude, pour la retourner afin que le filtre soit en bas, et il la remet dans le paquet ; cela lui porte chance. Puis il en extirpe une avec les lèvres. Il l'allume et tire fermement deux bouffées, et respire ; un grand soulagement. Il marche, en se perdant dans ses pensées. Il regrette d'avoir oublié de prévenir son autrice de son voyage du lendemain. Il va profiter du pont, grâce au jour férié qui suit le week-end, pour partir dans le Nord chez sa fille, qui s'apprête à déménager. Dans sa tête, il essaie d'organiser la procédure du déménagement, qu'il déteste. Ses pensées repoussent cette anticipation. Autant il adore rendre visite à sa fille unique, autant il déteste les déménagements. Il n'a jamais changé de maison ni de bureau ; il adore s'enraciner. Continuant à marcher, il jette son mégot et allume une deuxième cigarette. Il ressent un besoin immédiat de boire un café ; il n'y a aucun café dans ce quartier. Il vaut mieux qu'il se dirige vers son bureau ; là au moins la qualité du café est assurée. Son bureau et chez lui, c'est du pareil au même. De cette demeure ancienne, héritée de génération en génération, presque tout le monde ignore le grand sous-sol où il a aménagé son jardin secret. La prudence l'oblige à n'en parler à personne. *La frontière qui sépare la prudence de la peur s'avère difficilement définissable*, se dit-il souvent. C'est une frustration qui asphyxie le courage et qui attise en même temps la soif d'y résister. Sa conversation avec l'un de ses auteurs lui revient :

— Les censeurs sont devenus plus intelligents avec le temps. Au début, ils n'étaient pas ainsi. C'était une bande d'ignorants. Maintenant, ce sont de brillants salopards, des sans-scrupules dévoués et obéissants qui sont prêts à tout massacrer pour recevoir l'approbation de leurs chefs. Cela rend les écrivains plus intelligents ! Ils les poussent à chercher des métaphores compliquées, à cultiver les champs vierges de leur imagination et créer de phrases contournées à déchiffrer.

— À quoi ça sert, cette créativité, quand on ne peut pas se faire lire ? lui avait demandé l'auteur.

— Certains auteurs préfèrent rester patients. Sans rien dire, ils réagissent comme Ismène dans *Antigone* : « Je cède à la force car je n'ai rien à gagner à me rebeller. » Ils me confient leurs textes et ils savent que si ceux-ci sont brillants, ils seront publiés tôt ou tard, par moi ou par quelqu'un d'autre. L'homme meurt mais le texte demeure, c'est ma devise. Et pourtant, je sais que pour nombre d'écrivains et d'artistes, la postérité n'a aucun intérêt. Ils cherchent le succès pour épanouir leur vie de créateur. Mais c'est comme ça. C'est souvent la vie qui définit le temps réglementaire de ce jeu.

— Bon, en tout cas, on est dans une absurde tragédie. Si certains réagissent comme Ismène, d'autres préfèrent choisir de mourir à côté de leur bien-aimée.

— À mes yeux, Roméo ou Juliette ce sont l'écrivain, et le texte c'est leur amour qui reste pour la postérité. Je sais que c'est une métaphore à deux balles.

— Donc ton rôle…

— Mon rôle est minime !

— En tout cas, la postérité, je m'en fiche. Je fais partie des écrivains qui veulent voir leurs œuvres publiées de leur vivant !

Quant à lui, il a toujours préféré le personnage d'Ismène et a toujours penché pour les seconds rôles ; les moins brillants, qui mettent le héros en valeur et qui profitent de leur position à l'écart des lumières pour faire avancer l'histoire.

Il en a marre de garder l'espoir, mais c'est plus fort que lui. Il pense à sa muse bien-aimée qui le répète souvent, « c'est le seul cordon qui nous relie à la vie et on n'a qu'à se nourrir jusqu'au jour où quelque chose coupe ce cordon ».

Il allume une autre cigarette, prend son portable et rédige un message sur WhatsApp pour elle : « Disponible pour une conversation innocente ? » Il l'envoie. « Apparemment tu es bien occupée, puisque depuis hier tu ne m'as donné aucun signe de vie. Je vais aller porter plainte ! » Il l'envoie en souriant, et ajoute : « C'est le moment de rendre justice. » Le message est parti sans qu'il le décide. Il enchaîne : « Ce n'est pas juste d'ignorer l'attente d'un homme dévoué. Si ma bonne dame regarde sous ses pieds, elle va me retrouver bien écrasé ! » Il l'envoie en gardant le sourire. Elle lui manque. Il rédige le dernier message : « Je pars demain dans le Nord pour le déménagement de ma fille. » Il l'envoie tout de suite par peur que son message soit effacé, ce qui lui est déjà arrivé plusieurs fois. Ensuite, il continue en tapant : « Je profiterai également de cette occasion pour lui parler de notre projet. Je crois qu'elle acceptera de prendre le relais sous ton regard bienveillant le jour où je ne serai plus là. »

Sa fille et sa maison d'édition sont ce qu'il a de plus cher dans la vie. Il a élevé sa fille, jusqu'à l'âge de dix-sept ans, avant qu'elle aille vivre chez sa mère pendant quelques mois puis qu'elle s'installe dans le Nord pour étudier le droit et enfin travaille comme avocate et professeure. Il a été marié il y a très longtemps puis séparé assez rapidement, et sa vie affective est assez mystérieuse aux yeux des autres. Un amour par-ci, une relation par-là. Depuis une quinzaine d'années, il n'a eu personne à ses côtés. Ses collègues le voyant toujours seul le considèrent comme un sage célibataire.

Seul son associé sait qu'il a quelqu'un avec qui il échange régulièrement des messages et des appels ; une veuve avec qui il sort. Mais il ne l'a jamais présentée à son ami associé et a rarement parlé de cette « veuve cultivée qui n'est ni écrivaine, ni poétesse, ni artiste ». Sa fille est au courant qu'il fréquente une dame, une archiviste qu'elle connaît bien. En fait, sa fille l'a connue avant lui, quand elle préparait sa thèse. L'archiviste de la Bibliothèque nationale, qui était la veuve d'un journaliste-écrivain disparu depuis des années, s'est montrée intéressée par son sujet de travail.

« Mon mari a disparu du jour au lendemain et personne n'a rien dit, même ses collègues. Le seul avocat qui a accepté de m'accompagner était l'un de ceux à qui il était interdit d'exercer leur métier. Il me donnait des conseils, sans l'autorité d'officialiser sa défense. J'étais seule et sans argent. Ils ont organisé un hommage solennel et m'ont conseillé d'accepter la réalité ! » avait dit l'archiviste, qui n'avait jamais oublié la frustration et l'impuissance de cette période où elle remuait ciel et terre pour trouver un avocat qui puisse poursuivre l'affaire. Elle a beaucoup aidé la jeune chercheuse à trouver la documentation de sa thèse sur les victimes sans avocat.

L'archiviste, proche de la retraite, avait raconté cet épisode de sa vie à la jeune chercheuse et l'avait autorisée à citer son témoignage dans sa thèse. « Je n'ai rien à perdre. J'ai vieilli, ma fille a grandi, et tout le monde a oublié cette histoire dans laquelle tous les protagonistes sont des victimes », avait-elle répondu à la question de l'éditeur, admiratif de son courage à témoigner. Il l'avait rencontrée le jour de la soutenance, et ils commencèrent rapidement une relation intime et unique en son genre.

Sa fille avait brillamment soutenu sa thèse et obtenu les félicitations du jury. Puis, ils avaient pris un verre ensemble dans un café pas très loin de l'université. Ensuite, sa fille était partie avec son amoureux pour continuer la fête chez un de leurs copains, et l'éditeur avait accompagné l'archiviste jusqu'au métro. Ils s'étaient mis à marcher ensemble et leur discussion avait fleuri. Ils avaient ignoré la première bouche de métro, et la deuxième, ainsi que la troisième. Ils s'étaient installés dans un banal café et avaient continué à parler en sirotant un expresso, et puis un deuxième, puis avaient fumé une cigarette, et puis une deuxième… Ce soir-là, il était prêt à donner tout ce qu'il avait pour que le temps s'arrête, pour que leur conversation continue sans interruption. Quand elle parlait avec passion de son métier d'archiviste à la Bibliothèque nationale, il regardait attentivement cette femme qui inspirait le respect et la confiance, le calme et la force. Il avait ainsi été séduit par cette présence singulière, cette voix timidement douce, ce sourire discrètement généreux et cette écoute sincèrement enthousiaste. Ce soir-là, ils avaient échangé leurs coordonnées. Les premiers messages avaient été envoyés le soir même. L'amour était arrivé à l'improviste et leur existence s'épanouit. Leur amour, leur premier secret, donna naissance au deuxième.

Il regarde l'écran de son téléphone et vérifie que tous les messages qu'il lui a écrits ont été correctement envoyés. Les deux coches bleues témoignent qu'elle les a bien reçus. *Pourquoi elle répond pas ?*, se dit-il, et il envoie le dernier message : « Je ne veux pas te déranger. Appelle-moi quand tu peux. J'attends sagement et patiemment. »

Pensant à sa fille qui se moque de ses textos respectant les règles d'orthographe et de grammaire, il sort de sa poche les clés de chez lui et se réjouit à l'idée de prendre un bon café serré.

Quelques manuscrits l'attendent, et particulièrement un dont il doit déposer dans une semaine la fiche de présentation au bureau des livres du ministère. Depuis que le ministère a encore renforcé sa politique de contrôle des manuscrits, il préfère publier davantage d'essais, de livres de réflexion philosophique et de littérature classique. La censure épargne les classiques, peut-être parce que les censeurs ne se sont pas encore mis à leur lecture. Et en attendant que le tour des classiques arrive, il les réédite. De plus, il sait que les censeurs n'ont pas non plus le courage de fouiller les essais, tant qu'ils ne franchissent pas explicitement les lignes rouges. Sinon, les essais non plus ne pourront pas entièrement échapper à leur lame. Voilà pourquoi il a décidé il y a quelques mois de faire traduire et publier un brillant ouvrage sur l'histoire des sciences décrivant la théorie de l'évolution ; un sujet sensible qui franchisse leur ligne rouge. Persuadé que la censure n'avalisera pas un tel ouvrage, il l'a dupée en le présentant, sur la fiche destinée au service des livres du ministère, comme un ouvrage romanesque du genre science-fiction. Ainsi, la science-fiction traduite a obtenu l'autorisation de publication. Maintenant, il a le manuscrit d'un témoignage et il faut qu'il le relise pour voir dans quelle catégorie il aura le plus de chance de passer inaperçu.

Il vérifie encore une fois son téléphone. Désespéré par l'absence de notification, il dépose sa sacoche sur la console et, avant de mettre son portable en charge, il rédige hâtivement une réponse automatique pour sa messagerie et il se dirige directement vers la salle de bains. Quelques minutes plus tard, il se rend à la cuisine après avoir vérifié ses notifications.

Une capsule dans la machine, un bouton enfoncé, le bruit répandu dans la salle couvre celui de l'horloge. Le parfum du café envahit l'espace. La tasse à la main, abandonné dans son fauteuil, il prend le manuscrit et se régale de son café serré.

3. La dame

Aujourd'hui

Disponible pour une conversation innocente ?

Apparemment tu es bien occupée, puisque depuis hier tu ne m'as donné aucun signe de vie. Je vais aller porter plainte !

C'est le moment de rendre justice.

Ce n'est pas juste d'ignorer l'attente d'un homme dévoué. Si ma bonne dame regarde sous ses pieds, elle va me retrouver bien écrasé !

Je pars demain dans le Nord pour le déménagement de ma fille.

Je profiterai également de cette occasion pour lui parler de notre projet. Je crois qu'elle acceptera de prendre le relais sous ton regard bienveillant le jour où je ne serai plus là.

Je ne veux pas te déranger. Appelle-moi quand tu peux. J'attends sagement et patiemment.

Hier

Je dois assister aux obsèques d'un collègue.

Je rentre chez moi vers 19h pour me rafraîchir et puis je me rends à la soirée d'hommage que le Cercle des éditeurs indépendants a organisée pour me décerner le prix du Meilleur Éditeur de l'année. Absurde et fatigant, mais c'est irrespectueux si je n'y assiste pas. À demain, ma Dame.

2 juillet

J'avais oublié mon rendez-vous d'après-demain. Je vais au ministère avec une de mes autrices. Logiquement, nous devrions finir vers midi. Je t'enverrai un mot dès que j'aurai terminé. D'ici là, tu peux confirmer si tu souhaites que je t'accompagne pour ta visite médicale chez le cardiologue. Votre serviteur dévoué.

Très bien. Je suis en train d'acheter quelques vêtements pour le bébé qui est en route. Puis j'irai au supermarché pour faire des courses pour le dîner. Comme je te l'avais dit, ce soir je reçois ma voisine. Je t'appellerai demain. J'ai acheté tes chocolats préférés (aux grains de café).

30 juin

Ma main sent toujours ton parfum. Je ne croyais pas que ce genre d'émotion était préservée dans un coin du cerveau et pouvait se réveiller même à l'âge de la ménopause !

On s'en fiche de la ménopause ou de l'andropause. La vie continue sans pause.

25 juin

J'y suis presque ! Il ne me reste que quelques peaufinages.

Ce n'est pas recommandé d'exciter un homme de mon âge. Je vous préviens, ma petite dame, vous serez la seule responsable si je fais un infarctus après avoir découvert votre ouvrage.

Ne vous inquiétez pas, mon vieux ! Je sais faire les massages cardiaques.

Tu aurais dû le dire plus tôt. Quand es-tu disponible pour que je fasse mon infarctus ?

D'accord pour après-demain ? Dîner au petit restaurant à côté de chez moi, et le café sur mon canapé.

20 juin

En fait, à la suite de notre conversation de l'autre jour, je trouve qu'ils ne cherchent qu'à effacer tout. Ils veulent remplacer notre mémoire, notre goût, nos valeurs, nos priorités, bref nos piliers identitaires, par les leurs. C'est en effet comme ça que les goûts de la classe moyenne se transforment. Ils les adaptent à leurs kitch aspirations. Leur vulgarité devient normale et s'insinue dans la routine. Et comme tu l'as dit, progressivement, tout le monde s'habitue. Ils nous rendent étrangers à nos valeurs, et ça c'est leur poison qui pollue l'air de ce pays.

Ce qu'on veut faire est tout simplement là pour préserver ce « goût ». C'est une résistance. Notre façon de résister. Bon, ça suffit. On continue notre discussion au téléphone. Je le répète, pas de trace écrite, mon cher Monsieur ! Ceci n'est pas la censure. Ceci s'appelle la prudence. Que ça te plaise ou non. Il est interdit qu'on en parle dans ces échanges. C'est important. Je n'ai aucun argument solide, mais j'ai confiance en mon intuition. Je répète : il est hors de question qu'on en parle ici.

Oui, chef !

16 juin

Ça y est. Je veux me confesser à toi.

Tu as raison. Je suis plus fiable que n'importe quelle religion.

Je peux t'appeler ?

Pas maintenant. Je suis en rendez-vous dans quelques minutes. On signe un contrat pour la traduction de Sophocle, un vrai régal.

Je continue à t'écrire. Tu me liras quand tu auras le temps et on en parlera quand on se verra (demain soir tient toujours ?)

En fait, la relation que je n'ai jamais eue avec ma fille est tissée avec « elle ». Il y a une confiance réciproque, un lien, une amitié malgré notre différence d'âge.

Et c'est qui cette demoiselle ?

Je t'appellerai ce soir.

Oh là là, tu es très douée pour transformer tout en secrets. Alors, à ce soir.

15 juin

Comme le dit Khayyam : « Sachant qu'un jour le Temps fera couler notre sang, Versons celui du flacon dans la coupe de l'ivresse. » À la vôtre, ma chère Dame.

5 juin

Disponible pour que je t'appelle ?

Mon petit-fils est en ligne. On va échanger quelques messages nocturnes.

OK. Profites-en bien. Bonne nuit, ma chère.

30 mai

Bonsoir, ou plutôt bonjour ma chère Dame. Ça y est. Maintenant, tu es née. Bon anniversaire ! Quelle bonne idée d'être née ! Quelle belle coïncidence qu'on soit nés dans la même zone géographique et à la même époque, et quel beau hasard que nos chemins se soient croisés ! Tu vois ? Parmi tous les malheurs répandus dans ce périmètre géopolitique, une graine de bonheur s'est infiltrée.

Mon cher Monsieur. Merci pour ton message. Je t'embrasse très fort. À samedi.

18 avril

Tu as raison. Je te demande pardon. Je t'aime aussi. Notre affinité me rend heureuse et me donne l'espoir et la joie de vivre aussi. Je ne voulais pas te blesser. Je te demande pardon.

14 avril

Heureusement, sur WhatsApp tu ne pourras pas supprimer mon historique ! C'est incroyable. J'ai remarqué que tu as supprimé une bonne partie de nos échanges sur Telegram ! Encore ? Tu supprimes sans me prévenir, et sans demander mon avis.

Tu censures les messages comme « ils » font avec mes livres. Tu effaces les messages comprenant les propos sexuels, amoureux, politiques ou merdiques. Je n'accepte pas cette attitude. J'ai envie de dire que j'adore ton odeur, j'ai envie de dire que j'aime te caresser et cela me donne non seulement la joie ou le plaisir, mais me donne la vie et l'espoir, j'ai envie de dire que j'aime entendre ta respiration quand je pèse sur toi, j'ai envie de dire que j'adore notre maladresse liée à notre âge et notre impuissance, j'ai envie de dire que j'ai envie de toi… et tu n'as pas le droit de supprimer ce que j'ai dit et ce que j'ai écrit. Tu peux les effacer de ta boîte, de ta mémoire, de ton cœur même, si tu le souhaites. Si mes sentiments te rendent si mal à l'aise, bon d'accord, efface-les de ton cerveau. Mais tu n'as absolument pas le droit de faire ces suppressions. C'est une insulte. C'est une violation. C'est une censure. C'est tout ce contre quoi nous avons essayé de résister jusqu'à aujourd'hui. Maudit soit ce virus qui nous infecte et nous impose cette malédiction de l'autocensure. J'ai

dit ce que j'avais envie de te dire. À partir de maintenant, j'écris ce que j'ai envie de t'écrire. Tu es la seule personne, la seule, la seule, à qui je peux parler de tout ou écrire sur tout. Cela m'emmerde qu'ils puissent nous lire. En tout cas, ils sont là. Ils sont dans nos téléphones, dans nos maisons, dans nos cerveaux, dans nos familles. Oui, oui, ton gendre fait sans doute partie de ces salauds. Je ne le connais pas, mais selon ce que tu dis et ce que tu as remarqué, il l'est bien et toi-même l'as soupçonné. Mais ce n'est pas grand-chose. Il n'est qu'un de ces salauds qui sont d'ailleurs partout, partout dans cet asile qui s'appelle notre pays. Tu comprends ma chère, ma très chère, ma très très chère ? C'est blessant d'être supprimé, d'être morcelé, d'être déchiré. Nous ne devons pas entrer dans leur jeu.
Voilà. J'ai tout dit. À toi de garder ce message ou de le supprimer de ton téléphone, mais pas du mien ; plus jamais. Je veux tout conserver. Tout. Je veux tout préserver. Des romans, des manuscrits, comme des messages. C'est notre mémoire, et il ne faut jamais céder à la tentation de les effacer,

sinon on aura bien joué le rôle qu'ils rêvent pour nous. Je t'embrasse ardemment, j'embrasse tes mains et ton cou et l'os de ton épaule qui m'emmène à ta poitrine et à la chaleur de ton corps, et me fait entendre le battement de ton cœur, qui m'inspire. Je t'aime ma Dame, je t'aime ma chère Dame et je ne veux jamais que ces aveux soient effacés.

29 mars

Pourquoi tu ne réponds pas ? Déjà endormi ?

30 janvier

Devant la télé, je bois mon café serré. Dans quel état es-tu ?

Voilà. Ma fille m'a annoncé qu'elle est enceinte.

Eh bien, mes félicitations ou pas ?

J'ai fait semblant et je me suis montrée émue et constante.

Ah !

J'étais pourtant sincère. Je suis contente pour elle, et je suis émue de la voir si soulagée. Mais c'est une émotion qui n'a rien à voir avec celle d'une femme qui entend qu'elle va devenir grand-mère. Je sais de quoi je parle, car je l'ai déjà vécu. Cette fois-ci, c'est différent. Peut-être parce que je ne suis plus la femme que j'étais à l'époque. Maintenant, je suis plus sincère avec moi-même. Je suis obligée d'assumer et d'assurer mon rôle de mère, et je le fais avec dévouement mais sans passion. J'ai du mal à supporter la nouvelle famille de ma fille, elle comprise.

Prends un taxi et viens vite.

12 janvier

J'ai reçu un message de ta fille. Elle avait une question sur l'accès aux archives de la BN.

Dis donc…
Je fais le pari que finalement vous deviendrez des copines et je vais mourir de jalousie.

Tu as la chance d'avoir une fille comme elle. Elle m'a invitée à passer un week-end dans le Nord.

Je suis partant pour t'accompagner si tu es timide !

5 décembre

Partant pour voir un film japonais en version originale ?! À l'ambassade du Japon, à 19h30 ? On se fout de la langue.

Très bien. À tout à l'heure.

Suis dans le métro. Bonne nuit ma chère.

Te voir me fait toujours du bien. Je t'embrasse très fort.

24 novembre

Je suis furieuse. Ma fille a décidé de faire une FIV. Ce n'est pas elle qui me l'a dit ! C'est la clinique qui m'a appelée par erreur pour confirmer la date de la ponction. Bon. Je sais que notre relation mère-fille n'a jamais été fusionnelle. Ma colère est un peu nourrie par mon orgueil peut-être… peu importe.

Je ne peux pas parler en ce moment. À ce soir…

14 novembre

As-tu vu le plan ? Plus on avance avec la méthode, plus il est facile de poursuivre le travail.

Tout est parfait. Je les ai rangés par ordre alphabétique.

13 novembre

Je t'envoie une liste. Vérifie les informations et si tu confirmes tout, fais-moi signe. C'est après ta confirmation que je commencerai le travail.

2 novembre

Je t'ai appelée tout à l'heure. Et comme tu l'avais demandé, je n'ai pas laissé de message. Avec tes consignes, je me sens comme un jeune homme amoureux de sa camarade de classe !!

30 octobre

C'est toujours la folie. Trop de travail et tout seul pour tout boucler. Et tout ça pour finalement publier deux livres. Je rentre très tard ce soir et probablement demain et après-demain aussi. T'appellerai.

17 octobre

Je viens de remarquer que tout est effacé sur Telegram ! Plusieurs mois d'échanges effacés ! Comment as-tu pu effacer tous nos derniers échanges sur le projet ? Tu l'as fait exprès ou par erreur ?

C'est mon petit-fils informaticien qui me l'a appris !

19 juin

J'ai eu l'accord de deux autres. Tout avance bien ! On en a plus de vingt jusqu'ici. Certains datent d'il y a quinze ans et même plus.

31 mai

J'ai quelques idées pour mieux nous organiser. Pourrais-tu venir me voir après 19h ?

23 mai

Je suis en train de lire Dyke, et je me suis arrêté sur ce poème : « Le temps est très lent pour ceux qui attendent, très rapide pour ceux qui ont peur, très long pour ceux qui se lamentent, très court pour ceux qui se réjouissent. Mais pour ceux qui aiment le temps est éternité. » Je vous avoue solennellement qu'avec vous, je vis dans l'éternité. Je pars demain dans le Nord et j'y reste deux jours. À plus tard.

Sublime. Rien à dire. Je t'embrasse très fort. Bonne nuit, et bon voyage.

15 mai

Ça va ?

Quel silence !

C'est lié à une difficile digestion affective ? Ou tu es occupée ? Ou tu souhaites te faire désirer ?

Je te signale que sur ce dernier point, c'est déjà fait. Allez, parle.

Je suis affreusement enrhumée. Et je pense à toi. Tes messages sont mes antibiotiques.

Prends soin de toi. Je t'envoie une merveilleuse soupe faite maison. Repose-toi bien, et ne dis rien.
À plus.

6 mai

Tu peux venir au bureau/maison cet après-midi ? Juste pour dîner et papoter et fumer et rêver et éventuellement changer le monde.

À quelle heure tu peux ?

Quand tu veux.

1er mai

Tu as raison. Je n'aurais pas dû écrire tout cela.

Comment ça va ? C'est nul de te sentir coupable pour des sentiments qui sont tout à fait humains.

22 avril

J'ai refusé ton appel. Désolé, mais je suis en réunion. Je t'appellerai plus tard.

D'accord. Tu liras mon message plus tard : Je te confie que non seulement je ne le sens pas toujours, mais je remarque aussi que ma fille a changé. Elle était tellement en manque d'être aimée par un homme qu'elle le considère comme unique et exceptionnel. Et à mon avis, ce n'est pas le cas. Ce n'était pas le cas, dès le début ! Il l'ensorcelle, c'est tout. Il contrôle tout, et c'est ça qui le rend « faux ». Il est faux ! Et elle, elle est devenue comme ces nouveaux riches, même ses goûts ont changé. J'ai du mal à les supporter. Ils me mettent mal à l'aise. C'est cruel ce que je dis et ce que je sens, c'est mal vu, c'est horrible, mais c'est comme ça.

Je suis de retour au bureau. Appelle-moi quand tu peux.

3 avril

J'ai réservé les billets. Départ le samedi à 14h, retour le dimanche à 16h. Rendez-vous sur le quai.

C'est noté, avec impatience.

19 mars

Il faut que je te parle. Aurais-tu un moment de libre cet après-midi pour que je puisse t'appeler ?

Je t'appellerai vers 19h. Sans avoir oublié mon âge, j'avoue que tu me manques ! À notre âge ça semble bizarre, mais…

8 mars

Il est trop tard. Je ne peux pas t'appeler. J'ai bien réfléchi à ton idée. À 100 % d'accord. On y va.

28 février

La communication est coupée ! On en parlera demain, mais ne sois pas égoïste. Si ta fille est contente avec son nouveau mari, tu n'as pas d'autre choix que leur souhaiter du bonheur.

Merci pour le jugement. Heureusement que vous êtes là.

Oh, tu exagères ! À plus tard.

25 février

À demain à 18h. Le café de l'ancienne bibliothèque vous conviendrait-il ?

Parfait. C'est fumeur ou non-fumeur ?

La terrasse est chauffée et dédiée aux fumeurs.

Merci pour les encouragements.

En attendant, fouille bien.

Entendu.

16 février

L'exposition du trésor du Musée national. Ça te dirait ?

Très Chère, on est en pleine préparation pour la foire du livre. Je serai bien sûr à toi dès la semaine prochaine. Je te laisse décider du jour et de l'endroit, après 18h. Expo ou pas expo, je m'en fiche. Vivement la fin de cette foire.

Je t'appellerai un de ces soirs.

Ne sois pas dépensière. Chaque appel coûte une fortune. Garde ton forfait téléphonique pour plus tard. Et revanche, prends tout de suite un petit taxi et viens chez moi… Je t'attends avec ma barbe de trois jours qui est impatiente de gratter ta joue.

10 février

D'accord pour un rendez-vous café + parler du projet ?

Je suis en rendez-vous. Je t'appellerai.

16 janvier

Je suis plongée dans l'ouvrage que tu m'as passé. C'est superbe.

Je suis tout à fait d'accord avec toi. Ce roman est bien écrit et l'histoire est très solidement structurée. Moi non plus je ne comprends pas pourquoi il devrait être interdit.

Prudence. Aucun échange de messages écrits sur les sujets sensibles. On n'en parle qu'à l'oral.

OK.

10 janvier

Ma Dame. Après notre conversation téléphonique, je me suis rendu compte que j'ai oublié de te dire que je peux comprendre que la relation mère-fille soit assez compliquée. Mais à mon avis tout est réciproque. Ta fille a aussi sa part de responsabilité. On en parlera de vive voix. À plus.

21 décembre

J'ai passé une très belle soirée en ta compagnie. MERCI de m'avoir écoutée.

Mille mercis d'être venue. Ta présence a illuminé ma demeure. Merci à toi de m'avoir fait confiance.

C'était une superbe soirée. La nuit fut courte !

Pourtant tu sais que c'était la nuit la plus longue de l'année ! La première nuit de l'hiver ! Le solstice d'hiver, c'est une fête païenne. L'allongement à venir des jours se fête chez les chrétiens par Noël ; les Perses le fêtent sous le nom de Yalda ; pour les juifs, c'est Hanoukka ; chez les Scandinaves, c'est la fête de Yule… et hier, toi et moi, on a inventé la nôtre. Je te laisse choisir un nom pour elle ! PS : Merci encore de n'avoir fait aucune remarque sur le fait que je fume exagérément. Une femme qui ne donne aucun conseil de santé est une exception de l'univers. Et je t'en serai reconnaissant jusqu'à la fin de ma vie.

15 décembre

Ma très chère, tu ne peux pas imaginer à quel point ta présence me réconforte. Mon associé m'a envoyé une lettre empreinte de nostalgie. Je déteste tous les propos nostalgiques. Ce n'est peut-être pas un dégoût, mais c'est un déni, puisqu'ils me rendent nostalgique aussi. Je m'arrête, puisque je ne souhaite pas que cela devienne contagieux.

Une question qui n'a rien à voir avec la lettre de ton ami : est-ce que ton invitation pour me faire goûter ta spécialité est toujours d'actualité ?

Quel plaisir ! Je considère votre proposition comme le fruit du temps d'attente que j'ai sagement subi ! Je ne peux que me réjouir de mettre toutes mes compétences de cuisinier pour que l'offre soit à la hauteur de la précieuse demande. Au plaisir de vous rencontrer lundi.

À quelle heure ?

Votre serviteur sera prêt dès 18h !

J'apporterai le dessert.

Judicieuse idée. Comme ça, le dessert rattrapera le dîner raté.

21 novembre

Désolée pour cette réponse tardive. Mon téléphone avait été bloqué et, vu que je ne m'y connais pas du tout, j'ai dû attendre que ma fille soit disponible pour venir régler le problème. Bref, je viens de lire ton message. Désolée. Le message est parti trop rapidement. Je t'appelle dans une heure… c'est plus facile.

19 novembre

Merci pour cet après-midi. Je m'excuse encore d'avoir été si bavard. Le départ de mon ami associé m'a profondément rendu seul et vulnérable. Je viens de lui envoyer un mail en lui souhaitant une bonne adaptation à sa vie d'exilé.

13 novembre

Disponible pour une conversation amicale et sans équivoque ?

Comment ça ? J'adore tes propos équivoques !

2 novembre

Ma très chère, mardi prochain est férié, mais je travaille. Comme je t'ai déjà dit, ma maison et mon bureau, c'est du pareil au même. Bien que je travaille un jour férié, je souhaiterais distinguer ce jour des jours non fériés. Serais-tu éventuellement disponible mardi prochain ? Ce sera l'occasion de te faire goûter ma spécialité culinaire dont je t'ai parlé. Je ne garantis pas la qualité, mais toutes mes bonnes intentions accompagneront ce plat comme épice principale !

Bonsoir, j'aurais vraiment aimé venir déguster ta spécialité, mais j'ai déjà promis à ma fille de l'accompagner pour choisir ses rideaux et puis déjeuner. Un devoir parental ! Elle m'a annoncé la nouvelle. Elle pense que c'est un scoop ! Mais j'étais sûre qu'elle allait épouser l'homme dont je t'ai parlé. Un mariage simple et discret… Elle est contente. Tant mieux pour elle. Mon sentiment sincère se réduit à ces quelques mots : tant mieux si elle est heureuse. Je garde ton invitation pour une autre fois.

Tout à fait ! Profite bien de ce devoir parental. J'espère que cette autre fois arrivera très vite.

9 octobre

Très chère, la pièce qu'on vient de voir était très intéressante et je voulais tout simplement te remercier de m'avoir réconcilié avec le théâtre. Je te souhaite une très bonne fin de soirée et te dis à bientôt.

1er octobre

Serais-tu partant pour voir une pièce de théâtre ? Il s'agit de « Fin de partie » de Beckett, au Théâtre de la ville.

Partant sans hésitation. Ça y est : enfin le tutoiement !

Je m'occupe des billets.

10 septembre

Seriez-vous disponible un de ces jours pour prendre avec moi un petit café serré ?

Tout à fait disponible. Je suis en train de faire des gâteaux pour la fille d'une amie. Vous aurez votre part. En revanche, je ne pourrai pas prendre un petit café serré, mais un grand café au lait ! À mardi ? ou mercredi ?

Je vous attendrai mardi vers 17h devant la bouche du métro. Le café au lait est déjà commandé.

C'est noté. Avec plaisir.

1er septembre

J'imagine que votre petit-fils est parti et qu'il vous manque déjà.

Ah ! Vous avez touché la cible… Je voulais justement vous appeler. Je peux ?

22 août

Je dois m'installer chez ma fille pendant une ou deux semaines. Mon appartement est en travaux de ravalement et de plomberie en même temps. C'est quelque chose qui ne me réjouit pas du tout ; ma fille non plus, surtout qu'elle a récemment rencontré un homme fraîchement divorcé ! Évidemment elle ne m'a rien dit. Mais j'ai mon intuition. Je vous raconterai. Bref, il est possible que je ne puisse pas vous écrire régulièrement ou ne pas pouvoir parler avec vous en sa présence… Le temps passera vite heureusement. À bientôt !

Appelez-moi tout de suite, avant que le temps commence à passer vite !

17 août

J'imagine que vous êtes déjà endormi. Mais je tiens à partager cette joie avec vous. Mon petit-fils a obtenu une bourse d'étude. Je vous appellerai demain.

Mes félicitations pour la réussite de ton petit-fils ! Ce n'est pas facile d'obtenir une bourse d'une université comme celle-ci. Bonne route à lui, et bon courage à toi, puisqu'apparemment il est plus attaché à toi qu'à sa maman.

PS : Suis un couche-tard avéré. Appelez-moi quand vous voulez. Pourquoi pas maintenant ?

PS2 : Désolé pour le message précédent. J'ai oublié de passer au mode « vouvoiement ».

Pas de problème. C'est tout à fait normal qu'on se tutoie. Faites comme vous le sentez.

16 juillet

Notre conversation a été coupée, et je n'arrive plus à vous joindre. Je vous appellerai demain si vous êtes disponible.

22 juin

Un petit oubli : je me suis accordé trois semaines de vacances. En fait, mon associé dont je vous ai parlé se prépare à quitter le pays. Ils ne lui ont pas laissé le choix. Notre équipe éditoriale est fatiguée, voire désespérée. J'ai estimé que trois semaines de vacances vont faire du bien à tout le monde. Sachant qu'ils nous rendent le travail de plus en plus difficile. Je passerai ainsi deux semaines à la montagne et une semaine à la maison. Elles seront dédiées à la lecture et à la gastronomie. Mon téléphone reste toujours près de moi et je serais ravi que ma lecture soit interrompue par vos appels.

10 mai

Je vous remercie vivement de m'avoir accordé ce rendez-vous malgré cette pluie impitoyable. J'ai passé une soirée littéralement printanière en votre compagnie. Mille mercis d'avoir accepté la lecture de certains manuscrits. Je vous les enverrai par coursier, avec mes amitiés en pièces jointes.

Je suis en train de lire le texte que vous m'avez confié. Celui qui parle de la fille qui n'était pas autorisée à faire le deuil de son père. Il est magnifique.

Vous voyez, vous ne songiez même pas que ce que Sophocle a créé il y a plus de deux mille ans est toujours d'actualité ! Je suis déjà arrivé. Prenez votre temps. Je m'installe et vous attends : la table devant la porte du jardin.

25 mars

Bonsoir, si vous êtes disponible, je serai ravie que nous puissions nous rencontrer et prendre un bon café.

Chère Madame, je suis dans le Nord, chez ma fille. Je vous ai appelée plusieurs fois, sans succès. En attendant notre café, seriez-vous disponible pour une conversation téléphonique ? Ma fille vient de quitter son homme. En fait, je crois que c'est plutôt l'inverse. Pourquoi et comment ? Je n'en sais rien.. Elle a son orgueil et elle ne dit rien, mais je vois le chagrin dans son regard. Vos conseils seront un cadeau du ciel, car je ne sais pas quoi faire ni quoi dire qui ne soit pas trop maladroit. Je lui ai seulement dit : « Ce que tu vis est lourd, mais précieux puisque le chagrin d'amour forge l'âme. » Elle m'a rétorqué que ce qu'elle vit n'a rien à voir avec un chagrin d'amour. Je sais qu'elle dit n'importe quoi, et je lui ai dit : « L'amour ne connaît pas d'âge et le chagrin d'amour non plus. » Et je crois que c'est là que j'ai fait une erreur. Elle est plus triste et fait comme si tout allait bien.

Appelez-moi quand vous pouvez… ça veut dire : tout de suite !

10 mars

Bonsoir, le plaisir était partagé. Oui ! « De temps en temps », nous pourrons nous rencontrer, avec plaisir ! Bonne soirée.

Chère Madame, pardonnez ma maladresse. J'ai sans aucun doute mal formulé mon message. Cette précision de « de temps en temps » n'était qu'une sortie de secours ! Je ne souhaitais pas vous effrayer par mon enthousiasme. Sinon, je suis tout à fait prêt à vous retrouver à l'endroit et à l'heure qui vous conviendront le mieux. À très bientôt.

Bonsoir, ne le prenez pas mal ! Je ne suis pas très douée dans les messages écrits. Je voulais juste vous faire sourire. En fait, je pars demain en voyage avec deux amies. Je vous écrirai dès mon retour. Bonne soirée.

Merci pour votre réponse. Je vous souhaite un bon voyage.

9 mars

J'ai passé un moment très agréable en votre compagnie. J'espère que nous pourrons de temps en temps nous rencontrer. En vous souhaitant une très bonne soirée, je vous dis donc à bientôt.

2 mars

Je suis seul et libre comme l'air, le week-end ou la semaine, après 18h. Ma date sera la vôtre. Je vous laisse décider. À très bientôt.

Très bien. Donc lundi prochain à 18h30 vous conviendrait-il ?

Parfait. Je vous attends au café du Grand Hôtel.

C'est noté. Bonne soirée.

1er mars

Bonjour, je viens de voir votre message. Merci pour votre proposition. Ce sera avec plaisir. J'imagine que vous êtes occupé le week-end. Un mardi ou un mercredi me conviendra bien.

28 février

Chère Madame, merci pour votre message qui me touche et me fait chaud au cœur. Auriez-vous le temps de prendre un verre et discuter tranquillement ? Très bon après-midi à vous.

26 février

Bonjour, merci encore pour votre accueil, et bravo pour ces belles publications qui brillent dans ce paysage désertique. Grâce aux rares éditeurs de bon goût comme vous, on peut un peu respirer.

23 février

Bonjour, je vous écris pour vous annoncer que j'ai enfin un smartphone !

Bonjour, quelle belle surprise ! Mes félicitations pour cette judicieuse décision !

C'est vrai que c'est un moyen bien pratique. Je suis encore désolée pour le jour où vous m'avez appelée et où je n'ai pas pu répondre puisque j'étais chez le dentiste. Mon ancien téléphone était un peu archaïque et je tiens à vous remercier de m'avoir motivée pour acheter un smartphone ! Je passerai un de ces jours au Salon du livre et j'en profiterai pour vous saluer au passage. Je vous souhaite un bon salon et une belle semaine. Bien à vous.

Vous êtes la bienvenue. Nous sommes au stand B110, et j'y serai tous les après-midi. Au plaisir de vous rencontrer bientôt.

4. Elle

Quand il a disparu, sa femme était une jeune maman fraîchement embauchée à la Bibliothèque nationale ; et lui, travaillait comme journaliste politique au quotidien national. Un matin, il a quitté la maison pour se rendre à un rendez-vous au ministère des Affaires culturelles ; et il n'est jamais revenu. Aucune nouvelle ni piste. Les semaines passèrent et personne n'a trouvé de trace de lui. La presse n'a parlé que de ce fait divers pendant des mois. Et puis, un lourd silence s'est installé. Aucun avocat n'a accepté de suivre l'affaire du journaliste politique. La jeune maman vivait dans le doute, la peur, la détresse, l'impuissance et le désespoir. Écrasée, elle se fit petite et discrète pour que personne ne la remarque. Travaillant d'arrache-pied, elle est devenue bibliothécaire référente et a suivi une formation pour devenir archiviste. Sa vie se résumait à ses lectures, son travail et sa fille.

Quant à cette dernière, elle a grandi dans l'idée de ne pas suivre le chemin de sa mère.

Attentive à son apparence, toujours bien habillée, bien coiffée et soigneusement maquillée, après son baccalauréat, elle s'est mariée tout de suite et a eu un fils. Sa mère gardait l'enfant pendant qu'elle suivait une formation pour devenir coiffeuse-maquilleuse. Après son divorce, elle a continué à vivre avec son fils, qui a réussi son bac et obtenu une bourse pour poursuivre ses études dans une prestigieuse université à l'étranger. C'est après son départ qu'elle a décidé de s'installer dans un nouvel appartement près de sa mère. Et, quelques mois plus tard, elle se mariait avec son voisin de palier.

Sa mère était autonome et indépendante, sauf pour tout ce qui concernait les nouvelles technologies. Pour ses soixante ans, elle lui a offert un smartphone. Elle l'a inscrite sur Facebook, a installé diverses applications comme WhatsApp et Telegram et l'a encouragée à apprendre à surfer sur ces réseaux. Progressivement, sa mère est devenue enthousiaste, surtout que grâce à WhatsApp et Facebook, elle pouvait prendre des nouvelles de son petit-fils avec qui elle avait noué une relation fusionnelle. Par moments, elle avait remarqué que sa mère s'absentait pour vérifier ses messages et en rédiger de rapides sans doute pour fixer un rendez-vous avec ses rares copines avec qui elle partait de temps en temps en voyage ou allait au théâtre. Elle préférait que sa mère soit plus sociable, mais elle savait bien qu'elle était toujours très discrète et distante. Leur relation mère-fille était quasi inexistante. Elles faisaient le nécessaire pour préserver les apparences mais elles n'étaient ni proches ni complices. En voyant sa mère absorbée par sa connexion illimitée, elle se sentait soulagée ; plus besoin de se sentir obligée de s'occuper d'elle.

Elle avait d'autres problèmes à régler. Cela avait pris quelque temps pour qu'elle et son second mari comprennent qu'ils ne pourraient pas avoir d'enfant. Avoir un enfant, c'était le rêve de son époux, dont les analyses mettaient en cause la fertilité. La fécondation in vitro se présenta comme la seule solution. Elle accepta de jouer le jeu malgré le long et pénible traitement. Ses efforts aboutirent à un résultat, mais un seul résultat. Ils obtinrent un embryon ; un unique embryon qui pouvait les rendre parents ; un précieux embryon comme unique chance ayant le pouvoir de réaliser le rêve d'un homme. Le jour de la ponction fut un événement qui marqua leur vie puisque, quelques semaines plus tard, ils fêtaient le résultat qui confirmait la grossesse. Sa mère n'était pas là pour le célébrer avec eux. Elle était partie en voyage. Dès son retour, elle embrassa sa fille et la félicita ; un baiser sec et cordial. Elle se souvient encore de ce jour-là. C'était il y a six mois, jour pour jour.

Depuis le coup de fil de l'hôpital, elle se repasse la scène.

La voix de la personne qui lui a annoncé l'accident était douce, et le ton n'était pas trop grave : « Votre mère a eu un accident de voiture… »

Dans le taxi, elle ne pense à rien, à rien. Mais pendant le trajet de l'hôpital à la maison, elle revoit toute sa vie avec sa mère, toute la vie de sa mère. À l'hôpital, elle se rend compte qu'elle est morte sur le coup. Sa mère n'était plus là quand elle est arrivée. Il était difficile de reconnaître la femme au crâne défiguré qu'ils lui ont montrée. Elle reçoit le sac et quelques affaires de la défunte, et elle perd ainsi sa mère en un clin d'œil.

Et en un clin d'œil, elle se rend compte qu'elle l'aimait. Quel étonnant sentiment. Comment aimait-elle sa mère ? Elle a du mal à trouver une réponse. Ce qu'elle aimait c'était l'histoire que sa mère portait en elle ; la mémoire de son père, son enfance, ses échecs et ses chagrins. Elle avait besoin de sa mère comme on a besoin d'une conscience. Elle l'aimait sans savoir, sans vouloir accepter.

Dans le taxi, elle pense à mille choses ; tout ce qui est fait et à faire.

Les bips du smartphone de sa mère interrompent ses pensées. Un, deux, trois, quatre bips, quatre messages d'affilée.

Elle ouvre le smartphone et lit les messages, l'un après l'autre ; de bas en haut.

« Ce n'est pas juste d'ignorer l'attente d'un homme dévoué. Si ma bonne dame regarde sous ses pieds, elle va me retrouver bien écrasé ! »

« C'est le moment de rendre justice. »

« Apparemment, tu es bien occupée, puisque depuis hier tu ne m'as donné aucun signe de vie. Je vais aller porter plainte ! »

« Disponible pour une conversation innocente ? »

Arrivée à la maison, elle a beaucoup de choses à faire, mais la tentation du smartphone ne la quitte pas. Trois autres bips emplissent la pièce ; de nouveaux messages WhatsApp s'invitent.

Elle reste concentrée et fait ce qui est nécessaire ; passer des coups de fil, informer son mari, penser aux faire-part, se renseigner auprès des pompes funèbres... et puis elle se réabsorbe dans le téléphone de sa mère. Son WhatsApp s'ouvre sur une découverte, un trésor de messages d'amour. Les échanges avec quelqu'un nommé « Monsieur ». Leur relation, dont l'histoire est révélée par l'application, a l'air d'être profonde. Elle ne savait pas que sa mère avait un amant. Les échanges décrivent une relation passionnée. Sa mère était amoureuse. Elle continue à lire cet amour, avec les rendez-vous fixés à la gare, au café, au cinéma, chez lui, au parc, le matin, en fin de soirée, après son boulot, avant sa visite médicale... Ils se rencontrent au moins deux fois par semaine. Leur langage est respectueux, soigné, amoureux, amical, complice. Aucune piste ne dévoile l'identité de l'amoureux.

Intimes et attachés l'un à l'autre, elle l'appelle « mon cher Monsieur », et lui la surnomme « ma Dame ». Il lui semble difficile d'imaginer que sa mère, avec son chignon blanc, son cardigan beige, son sourire timide et distant, soit amoureuse d'un « Monsieur ».

Cette relation secrète l'intrigue, la surprend, lui fait mal. Elle se sent trahie. Elle lui en veut, et en même temps elle sait qu'on ne peut pas en vouloir à quelqu'un qui est mort ; donc, elle s'en veut. Le ton des messages ne la quitte pas.

Depuis quand sont-ils ensemble ? Est-ce qu'elle couchait avec lui ? Est-ce qu'il est jeune, vieux, marié ? Est-ce que je l'ai déjà vu sans savoir qu'il était l'amant de ma mère ? Est-ce qu'il faut le prévenir ? Dois-je lui envoyer le faire-part ? Je me moque qu'il soit choqué ! Je ne le connais pas. Pourquoi je le déteste ? Pourquoi elle ne m'en avait pas parlé ? Comment j'aurais réagi si elle m'avait dit qu'elle avait un amoureux ?

La porte s'ouvre. Son mari rentre du travail. Il pénètre doucement dans l'appartement et allume l'abat-jour du coin de la salle. Plongée dans la profondeur de ces échanges sans fin qui illuminent une autre facette de sa mère, elle murmure :

— J'ai informé les proches et écrit un message sur mon Facebook et sur sa page à elle.

Vissée à ses pensées, elle échange quelques mots avec lui, et puis elle reste dévastée. Son mari prépare le dîner. Il est doux et indulgent. Elle est absente.

Il se met à lui masser les épaules et l'embrasse. Elle n'a pas la force de le repousser. Elle n'a pas la force de faire quoi que ce soit. Ses forces sont concentrées dans l'océan de ses pensées. Elle s'y noie. L'excitation de la surprise masque le deuil. Les larmes sont coincées. Elle ne maîtrise pas les mots qui vont surgir de sa bouche sèche. « J'ai envie de toi », dit-elle, sans aucun sentiment ; elle n'a envie de rien.

Il l'embrasse tendrement.

Son cœur bat plus rapidement. Il la déshabille avec douceur.

Elle revoit la vie de sa mère et la sienne, leur relation mère-fille, leurs peurs et leurs secrets non partagés.

Elle sent la chaleur du ventre de son homme collé à son dos. Il bouge harmonieusement et elle laisse peser son poids sur lui. Une cavalière perdue qui suit le mouvement.

Elle a une forte envie de parler avec sa mère de toutes ces années écoulées dans une absurde discrétion. Sa mère lui manque ; son fils aussi. Son fils, qui vit à des milliers de kilomètres d'elle, et qui n'est pas encore au courant de sa grossesse ni de la mort de sa grand-mère. Son regard croise le smartphone.

Le choc, la colère, l'hébétude, la tristesse, la fatigue, le dégoût, et le regret l'emmaillotent dans plusieurs couches ; elle est momifiée.

Elle a envie de revenir en arrière. Elle touche son ventre. Se détachant de son homme, elle se remet en position assise sur le canapé et, tout d'un coup, toutes ses larmes se vident en une avalanche douloureusement bruyante.

Puis, elle prend le téléphone de sa mère et se regarde dans le miroir de son étui. Son visage est rouge. Elle ferme les yeux et ne voit que du sang qui coule dans son système veineux. Elle essaie d'imaginer « Monsieur ». Les yeux fermés, elle voit sa mère au crâne défiguré. Sa tête tourne et elle se rappelle le visage de son père. Elle s'était construit un père exceptionnel, d'après quelques photos de l'album de famille et tout ce qu'elle avait entendu dire de lui. Sa mère a attendu des années avant d'abandonner le cordon d'espoir et de tomber dans la réalité de la mort de son mari sans avoir aucune information précise. Elle a vite compris qu'il ne fallait pas en parler. Elle se lève pour prendre la boîte de mouchoirs. Elle pleure le choc de la nouvelle reçue par le truchement du téléphone, le corps de sa mère endormie dans la chambre mortuaire, le bruit persistant de la messagerie du téléphone de sa mère, l'amertume de signer les documents avant de quitter l'hôpital, l'indicible sentiment de porter le sac et les affaires de sa mère, la secousse de l'âme. Les messages l'ensorcellent. Elle reste collée au canapé, immobile, muette, absorbée par l'écran du téléphone.

Les yeux fermés, elle se sent desséchée et se souvient de toutes les douleurs que son corps a vécues. Une nouvelle éruption de larmes la secoue. Elle se dit qu'elle n'a pas envie de devenir mère une deuxième fois ; plus envie, plus du tout.

Elle se lève. Des images plein la tête, c'est le vertige qui mène la danse.

Elle ne voit que du sang.

Elle devient son sang qui coule sur le sol de la maison.

5. Lui

Il est reconnu comme le remplaçant, mais le vrai chef, c'est lui.

Le chef officiel change tous les deux ans. Viré ou muté, aucun chef n'est gardé plus de deux ans par la direction dans ce service. Il est hors de question que qui que ce soit s'habitue. Il est avéré que le fait de fréquenter les livres peut éveiller la curiosité, ce qui ne fait pas partie des qualités requises pour le poste. Il faut être sérieux et sympathique, et pouvoir travailler avec diplomatie et intelligence pour arriver à manipuler et impressionner les éditeurs et même leurs auteurs. Les mots sont leur outil, leur terrain conquis ; ils peuvent les utiliser dans le but de persuader un agent ou un assistant, et même le chef. C'est sur ce plan que les employés de ce service doivent être infaillibles. La discussion avec des écrivains et éditeurs est une tâche délicate qui lui est réservée, à lui, le remplaçant du chef. Depuis des années, il a rencontré des dizaines de têtes pensantes, rêveuses, rebelles, placides, revendicatrices, réconciliatrices, dures à cuire, naïves, qui cherchent toutes à le convaincre que leur livre est anodin. Pour l'écrivain, son livre ne raconte qu'une histoire ; mais « le risque, c'est de les croire », c'est ce que répète sans cesse l'indispensable remplaçant.

« Les pires sont ceux qui cherchent à discuter et défendre leur manuscrit », et le remplaçant du chef possède une solide expérience pour les repérer.

Comptable de formation, il est entré au ministère il y a très longtemps et s'y est forgé une réputation de loyauté indiscutable. Puis, il a changé de cap pour le service livres où il a commencé comme agent lecteur et peu après comme remplaçant du chef et, depuis, il est resté à ce poste-clé. Par intervalles, et pour certains dossiers insipides, il choisit le chef pour une réunion avec un écrivain ou un éditeur. Parfois, il envoie son assistant, qui fait bonne impression et est capable d'inspirer l'espoir. Il sait que les écrivains sont sensibles à « l'espoir ». Comme il l'a conseillé à son assistant, « de temps en temps, il est bon de les asperger d'espérance ». Irréprochablement dévoué, il est apprécié par la direction, et étant donné qu'il ne se met pas constamment en avant, certains éditeurs jugent qu'il est un réformateur. Par ailleurs, il aime bien discuter avec les écrivains ; il apprend à les comprendre et parfois, par une pure intuition, il est capable de déchiffrer le fond de leur pensée et de découvrir que leur imagination ne va pas dans l'intérêt de la société.

Ce jour-là, avec cette femme, il a eu cette impression. De plus, son téléphone a sonné en plein milieu d'une conversation. Pour quelqu'un comme lui qui croit fortement aux signes, la sonnerie de son smartphone à cette heure précise et à cet endroit précis était un signe qui confirmait son impression.

Quand son téléphone a sonné et qu'il a vu le numéro de son épouse affiché à l'écran, il s'est demandé ce qui lui arrivait.

Elle n'appelle jamais pendant les heures de travail, au ministère. Pour sa femme, il est le comptable du ministère ou le chef du service comptabilité. Le travail ne doit pas empiéter sur sa vie privée.

Il a du mal à entendre la voix de son épouse, enceinte de six mois. Voir sa femme enceinte est l'incarnation d'une grande victoire, pour lui qui a attendu si longtemps. Il avait divorcé de sa première union sous prétexte qu'elle ne pouvait pas lui donner un enfant. Au début, il pensait que le problème venait d'elle. C'est ce qu'il aurait préféré. Son deuxième mariage fut différent. Plus rapide et plus spontané. Il voulait à tout prix avoir un enfant. Et il aimait sa femme, qui avait déjà donné naissance à un garçon. Ils faisaient l'amour à volonté et sans aucune contraception. Les semaines et les mois ont passé, et il avait espéré que sa femme évoque enfin ce fameux « retard ». Finalement, il avait décidé d'aller voir un médecin. Les analyses confirmèrent que le problème venait de lui. Il était stérile. Un coup dur à avaler. La seule solution que la médecine offrait pour sa stérilité, c'était la fécondation in vitro. L'obstétricien lui avait assuré que le traitement et l'intervention s'effectueraient dans une totale discrétion. Brûlant d'envie d'avoir une progéniture, il en avait parlé à son épouse, qui avait accepté sans hésitation de se lancer dans ce défi. Le traitement avait commencé il y a quelques mois. Il avait pris un congé pour accompagner sa femme lors de la ponction, puis du transfert des embryons. L'obstétricien lui avait précisé que vu l'état de ses spermatozoïdes, il n'avait obtenu qu'un unique embryon, ce qui signifiait que c'était leur seule chance : « Ça passe ou ça casse ! » Quelques semaines plus tard, quand l'analyse sanguine a confirmé la grossesse de sa femme, il a enfin respiré. Elle portait son enfant et lui était emballé, avec un mélange de soulagement, de fierté, de reconnaissance et d'espoir.

Le smartphone à la main, il s'excuse auprès de l'autrice avec qui il est en discussion et quitte la salle en se précipitant vers l'escalier.

La porte se ferme toute seule. Le jour où il a commandé une lourde porte métallique pour ces archives des manuscrits refusés ou en attente de l'autorisation de publication, il a précisé aux ouvriers : « Il faut qu'elle s'ouvre uniquement de l'extérieur et qu'elle se ferme toute seule et sans effort. »

Il monte un étage et entend enfin la voix tremblante de son épouse :

— Ma mère a eu un accident de voiture. Elle est morte sur le coup.

— Où es-tu ?

— Je suis à l'hôpital. Mais je rentre à la maison.

— J'arrive tout de suite.

Il reste quelques instants sans bouger. Il réfléchit en montant l'escalier et pense à plusieurs choses : *Annuler la réunion de cet après-midi, prévenir la secrétaire, reprendre les dossiers laissés sur le bureau...* Il redescend en pensant à l'autrice laissée dans la salle des archives des manuscrits. Il s'arrête à deux pas de la lourde porte. Puis il fait demi-tour, *personne ne sait qu'elle est là*, et l'efface de ses pensées.

Une série de devoirs qui s'enchaînent, et il arrive à la maison en début de soirée. Son épouse est calme et absorbée par son téléphone. Il allume l'abat-jour du coin de la salle et entend une voix qui dit machinalement :

— J'ai informé les proches et mis un message sur mon Facebook et sur sa page à elle. Mon fils ne le sait pas encore. Je suis sûre qu'il ne le sait pas encore. Il n'a pas encore réagi sur Facebook.

— Tout va s'arranger...

— Et, pour les obsèques, je sais qu'elle souhaitait être inhumée dans le cimetière où ses parents ont été enterrés. L'hôpital m'a donné tous les papiers...

— D'accord, d'accord. Ne t'inquiète pas. Je m'occupe de tout. Mais d'abord, il faut que tu manges quelque chose. Je vais préparer le dîner et on se couche tôt. D'accord ?

Elle est absente.

Il relève ses manches, se dirige vers la cuisine et essaie de la faire parler. Il sait qu'elle est sous le choc et il faut qu'elle parle, qu'elle raconte comment et quand elle a reçu la nouvelle. Il faut qu'elle se vide. Mais elle reste silencieuse, la tête dans le smartphone. Il sort les œufs du frigo pour faire une omelette et met les concombres sur le plan de travail pour préparer une salade. Elle est de plus en plus absorbée par l'écran. Il remarque que ce n'est pas le sien. En posant les assiettes sur la table basse devant le canapé où son épouse est collée, il s'aperçoit que c'est sur le smartphone de sa belle-mère que sa femme plonge la tête.

Ils dînent en silence. Elle n'avale pas grand-chose et, après le dîner, elle continue à se noyer dans l'écran du téléphone de sa mère. Il remarque qu'elle lit les messages WhatsApp de la défunte, c'est vrai que sa maman était toujours collée à son smartphone.

Il prend son temps pour ranger le salon et la cuisine. Puis il vérifie ses messages personnels, en envoie quelques-uns et passe un coup de fil. Encore une fois le silence s'installe. Se disant qu'il est temps qu'elle lâche ce smartphone, il se met à masser les épaules de son épouse, toujours assise sur le canapé. Il est vingt-deux heures. Elle se laisse aller. Le smartphone repose enfin sur la table basse. Il se met derrière elle, embrasse son cou et son épaule, ses mains caressent ses seins épanouis et se collent sur son corps arrondi. Il se déshabille. Il s'allonge sur le canapé et la prend dans ses bras. Elle se laisse aller, s'adosse contre lui. Le seul bruit, c'est celui des battements de leurs cœurs. Il embrasse la peau ardente de la femme qui porte son enfant. Le chagrin la rend plus désirable. De plus en plus excité, il suit le rythme de la respiration de sa femme qui s'harmonise avec le mouvement de son corps. Leurs corps s'unissent, passionnément, et avidement désireux. Elle tourne la tête. Il ne remarque pas que le regard de sa femme se pose sur le smartphone de sa mère. Mais il voit qu'elle se détache brusquement de lui et se met à pleurer toutes les larmes de son corps.

Le temps s'arrête. Il n'arrive qu'à l'observer : noyée dans ses larmes, et sans dire un mot, elle attrape le téléphone de sa mère et s'absorbe immédiatement dans son écran.

Il se rhabille, allume la petite lampe de la cuisine et prépare une infusion. Avant qu'il dépose la tasse sur la table basse, il voit son épouse accroupie. Le parquet devient rouge sang. Elle saigne. Il prend son téléphone pour appeler les urgences et en même temps la prend dans ses bras, et il pleure, lui aussi.

Il n'a jamais vu autant de sang.

C'est le sang qui nourrit mon enfant, mon futur enfant, mon futur espoir, mon « futur », tout simplement, mon futur. Mais tout ce sang par terre n'est pas un bon signe. Il faut que je me redresse. Il faut que l'ambulance arrive plus vite. Il faut sauver mon enfant. Tout ça, c'est à cause de cet accident qui a tué sa mère. Ah, sa mère ! Je sais qu'elle ne m'a jamais apprécié, bien qu'elle se soit toujours comportée correctement avec moi. Mais je sens les choses. Entre elle et moi, il n'y avait aucune affection. Sa mort ne m'a pas particulièrement touché, non plus. Mais, maintenant, tout est chamboulé. J'aurais dû prendre son smartphone dès mon arrivée. Cet appareil l'a bouleversée. Ce maudit smartphone auquel sa mère était tant attachée l'obsède depuis le début de la soirée. Je le déteste ; je la déteste bien qu'elle soit morte. Et c'est à présent son téléphone qui empoisonne ma vie.

Il retire alors sa carte SIM et la casse sans hésitation : *rien d'intéressant dans le téléphone d'une vieille psychorigide.* Il le jette à la poubelle et se dit qu'il fera croire à sa femme qu'un des ambulanciers l'a piqué. *Je ne veux plus qu'aucun souvenir de sa mère ne la mette dans cet état.*

Le médecin des urgences se dirige vers la voiture.

Le remplaçant du chef se tient à côté de sa femme allongée sur le brancard.

Il essaie de garder son calme, et il ne sait pas encore que la fausse couche de sa femme sera fatale.

6. Eux

Combien de temps doit-il s'écouler pour qu'on comprenne qu'il est trop tard ?

À partir de quand le « tard » commence-t-il ? Serait-il possible que le temps des deux côtés d'une barrière passe différemment, d'un côté, le temps réel, de l'autre, le temps vécu ? Tout est relatif. Le temps épique, mythique, réel, fictif, historique, poétique, imaginé, décalé, figé. Où se situe le temps d'attente ?

Le temps que vit un prisonnier a-t-il la même nature que le temps de son geôlier ? Celui qui commande et celui qui subit, acteur et spectateur, violeur et violée, amant et aimé, celui qui sonne et celui qui doit ouvrir, celui qui est à l'agonie et celui qui le regarde, le pouvoir et la minorité vivent-ils le temps de la même manière ?

Combien de temps faut-il pour qu'elle, lui, eux se rendent compte qu'il n'y a plus d'espoir ?

Au bout de quel laps de temps une âme morte s'attribue-t-elle la couleur de l'oubli ?

Quelle est l'identité temporelle de ce qui sépare une existence du néant ? Combien de temps doit-il s'écouler pour que l'ignorance se transforme en conscience ?

Comment le temps apprend-il à l'homme à s'avancer dans la boue de la fatalité ? Quels sont la taille, le poids et l'odeur de la peur qui écrase le courage ?

En combien de temps le mépris peut-il céder sa place à la reconnaissance ? Combien de temps faut-il pour que le bouturage de l'espoir donne un résultat ?

Chercheurs ou journalistes ou écrivains, peu importe, ils ou elles étaient comme elle avant leur transformation en un oubli cendré.

La cendre est stérile mais elle peut être fertilisante. Et c'est ce qu'ils ignorent, eux qui ne sont pas comme eux. Il y a toujours deux groupes qui remplissent un stade ; deux « eux » chacun de leur côté, chacun avec son référent. Les deux veulent gagner, ou plutôt, voir l'autre perdre. Mais c'est toujours le même pronom qui désigne les gagnants et les perdants. Ce qui les différencie, c'est l'antécédent du pronom. L'un cherche à imposer sa conviction, l'autre est en quête de faire vivre sa passion. La conviction ou la passion, le devoir ou l'amour, c'est le temps qui juge. C'est le temps qui transforme un rayon de soleil en un souvenir, un être en un objet, un fait en un sujet de doute, un sentiment en une certitude, un désespoir en une victoire, une existence en un tas de cendre.

Eux étaient tous comme elle quand ils sont arrivés, chacun leur tour, l'un après l'autre, chacun dans une salle, peu importe pourquoi et comment. Enfermés dans la même salle que leurs manuscrits, ils s'étonnèrent d'abord, sans perdre l'espoir, puis ils angoissèrent et progressivement s'évanouirent. Ils suivirent le même chemin, vécurent la même procédure pour se transformer en déception. Il ne resta d'eux qu'une masse de néant.

Son sommeil a été fragmenté ; elle ouvre l'œil, bouge, caresse la porte sans aucune force, pensant taper dessus, demande de l'aide en murmurant, considérant que c'est un cri, et puis regagne son coin. Sa bouche est sèche, son ventre vide, elle sent une fièvre aiguë qui lui provoque confusion et délire. Elle entend des voix et même un bruit de va-et-vient, mais elle ne peut plus réagir. Ses yeux ne distinguent plus bien. Elle ne sent plus ses membres. Elle ne sait pas si elle est en vie ou à l'agonie, si elle rêve ou si elle écrit, mais elle commence à tracer des signes d'écriture sans savoir si c'est sur l'air ou sur le papier. Elle psalmodie sa longue phrase : « Je ne suis pas un roman, je l'écris, et ils ne publient pas de romans car ils en ont peur. Donc je suis un roman, puisqu'ils ont peur de moi, mais comment pourrais-je ne pas être un roman ? Je m'écris, je me crie… »

Des secondes passent, ou des minutes.

Des minutes passent, et des heures.

Des heures passent, ou des semaines.

Des semaines passent, et des mois.

Des secondes passent jusqu'au jour où on n'aperçoit plus le temps qui passe. Le temps paralyse l'action de passer. Le temps est absorbé par le silence, la peur, l'assujettissement, la frustration, l'attente, et la soumission.

La dernière fois qu'elle a voulu se gratter la tête, elle s'est aperçue que ses doigts tombaient et se transformaient tout de suite en poudre. Tout est devenu opaque à ses yeux. Elle n'imaginait qu'un ciel bleu et un sol enneigé, avec quelques taches de cendre par-ci par-là. Son cerveau fut le dernier organe transformé en poudre. Dans le crématorium de la frustration, la transformation fut progressive et il grisa la masse de son corps poudré.

Elle n'est qu'une poignée de poudre grise au coin de la salle.

7. La fille

Comment aurais-je pu deviner que tout allait se passer si vite, si impitoyablement vite ? Depuis le jour où mon père m'a tout raconté jusqu'au moment où je me suis installée chez lui, il s'est écoulé un peu plus de… combien de temps ? Un an ? Une décennie ? Ou beaucoup plus ? Peu importe, le temps n'est qu'un détail. Le temps qui remplit l'histoire est recyclable, car l'histoire se répète. Tout se répète, même l'amour, qui suit le même schéma depuis la nuit des temps. Il s'est enraciné dans la passion. Le moteur, c'est cette dernière, la passion. Tout en découle. Sans passion, la Terre n'est qu'une masse de poussières dispersées ; la vie, qu'une succession de jours et de nuits ; l'homme, qu'un tas de cendre.

Mon père m'a transmis son héritage en entier. Lui qui était un passionné ne m'a rien caché, ni de ses déceptions ni de ses rêves. L'idéaliste et l'utopiste est devenu au fil du temps un lucide accroché à la vie ; la tête sur les épaules et réaliste jusqu'à l'os. Et c'est exactement à ce moment-là qu'il a tout perdu, peut-être pas en même temps, mais un attachement après l'autre, puis tout.

D'abord, ce fut ma mère qui le quitta parce qu'elle ne pouvait plus « vivre avec un homme qui respire les livres ». L'édition fut la rivale de ma mère. Elle quitta son homme parce qu'elle était trop amoureuse, ou peut-être parce qu'elle n'était pas faite pour la vie de famille. Lui qui l'admirait a mis longtemps à s'en remettre. Leur amour s'est étouffé et il était conscient de sa part de responsabilité. Mais dans tout cela, un petit germe de soulagement bourgeonna. Il s'est consacré corps et âme à son travail.

Quelques années plus tard, ce fut au tour de son associé de partir. L'écrivain qu'il était ne pouvait plus se faire publier. Les censeurs refusaient catégoriquement ses manuscrits. Aucun n'obtenait l'autorisation de publication. Il décida de quitter le pays avant que la décision de quitter la vie ne s'impose. Mon père lui donna sa part pour qu'il puisse s'installer à l'étranger. On savait tous qu'à l'étranger, il ne serait plus le même écrivain. La procédure suit un ancien schéma. Mon père le savait, et son ami-associé l'a confirmé dans une lettre :

« Ils te poussent à t'exiler de ton pays. Avec la distance, ils font croire à tes proches que tu les as oubliés et ainsi tu te sens de plus en plus loin de tes liens. Après, ce sera au tour de ton histoire, de laquelle ils vont t'éloigner. Tu deviens l'enfant illégitime de ton pays, qui t'aimera toujours, mais comme une mère impuissante à défendre son gamin maltraité ; car aimer sans pouvoir défendre, c'est un amour handicapé et stérile. Ainsi, ils te déportent de ton passé. Et finalement, quand tu es bien désarmé et désemparé, l'exil t'adopte.

Exilé de ta langue maternelle, tu te réfugies dans l'écriture dans une autre langue. Quand tu écris dans une autre langue, tu es un autre écrivain. Un autre écrivain ne sera jamais une menace pour eux ; et c'est ce qui les arrange bien. Tu ne seras plus le même. »

Il n'était plus le même.

Son identité d'écrivain était rayée. De plus en plus isolé, il perdit son identité. Quant à mon père, cette amitié est progressivement devenue blême, éloignée, métamorphosée et puis effacée jusqu'à être reléguée au rang de souvenir.

Sans l'amour de sa femme, sans l'accompagnement de son associé, ce fut ensuite le travail qui le fragilisa. Les pressions supplémentaires dans la politique de la direction culturelle ont rendu le métier d'éditeur semblable à l'activité d'un funambule sans filet, un métier à risque de faillite, d'arrestation, d'interdiction de travail, de tomber dans l'écueil de la publication d'ouvrages grand public, de se trahir en serrant la main du système. Fidèle à son filet imaginaire, il a marché et a continué jusqu'au bout, jusqu'au jour où il n'y a plus rien eu à publier. Tous ses manuscrits furent confisqués et emprisonnés. Il ne lui restait plus que la réédition des romans pour lesquels il avait déjà obtenu l'autorisation de publication et qui s'étaient déjà bien vendus. Pendant un bon moment, il ne publia que des rééditions. Son grand stand à la foire du livre reluisait, et les lecteurs achetaient ses ouvrages, jusqu'au jour où son autorisation de réédition fut résiliée. Mon père ne pouvait plus rien publier. Rien n'est plus triste qu'un cavalier sans cheval, un chirurgien sans mains, un chanteur muet, un coiffeur au pays des chauves. Pourtant, il a eu l'idée de publier des essais. Mon père était convaincu que les censeurs considèrent la littérature comme une menace.

— Je vais publier des témoignages, des essais et des livres de réflexion. Ils sont bornés sur la fiction comme si c'était leur ennemi juré. L'imagination apporte la liberté qui les étouffe. Si tu leur dis que je suis un roman, ils vont t'arrêter !

— Donc, je suis un essai !

— Chacun de nous est un roman. C'est ce qu'ils ne comprendront jamais. Ils peuvent confisquer nos romans, mais ils ne pourront pas nous confisquer.

Ce soir-là, il m'a parlé de ses archives secrètes de romans interdits de publication. On n'a pas dormi et on a parlé pendant toute la soirée. On aurait dit que mon nouvel appartement neuf et quasiment vide nous avait rapprochés comme jamais. Il m'a avoué tous ses secrets : des archives à l'archiviste. La dame qui m'avait beaucoup aidée pour la documentation de mes recherches était devenue le moteur, la muse de mon père. Elle l'a fait avancer malgré tous les obstacles. Le fait de regarder mon père amoureux m'a donné une forte envie de le prendre dans mes bras. Mon vieux papa parlait de son amoureuse avec une timidité touchante. Parler de l'amour est toujours attendrissant, mais l'âge le rend magique. L'amour à une âge avancé est rare et plus respectueux. Ce soir-là, les yeux de mon père brillaient quand il parlait d'elle.

Entre-temps, elle aussi m'avait contactée. Elle tenait à ce que je sois au courant de tous les détails de leur secret, leurs archives de manuscrits.

Le lien tissé entre elle et moi était unique et fort. On aimait le même homme mais pas de la même manière. Je les aimais tous les deux et j'étais fière d'être au courant de leur secret, de leur relation et de leurs archives qui étaient comme le fruit de cet amour tardif. J'étais au courant de tout quand mon père m'a tout raconté, mais j'ai préféré le laisser parler.

On a beaucoup discuté ce soir-là et je lui ai proposé qu'ils passent ensemble me voir. Il a dit qu'il lui transmettrait ce message « sans faute ».

Quelques jours après son retour, je lui ai demandé des nouvelles d'elle et il m'a répondu d'une voix cassée par un simple « rien ».

— Comment ça, rien ?

— Je ne sais pas. Cela fait deux ou trois jours qu'elle ne répond même pas à mes messages et je m'inquiète pour elle. Ce n'est pas son genre. Je ne peux rien faire d'autre qu'attendre.

C'est moi qui lui ai proposé d'aller voir chez elle et de lui rendre visite.

— C'est hors de question. Elle n'a jamais souhaité que j'aille chez elle, question de voisins curieux. Mais je serais ravi si tu y vas de ma part.

Sa voix était cassée, fade et faible.

Je m'exécutai. L'amour ne connaît pas très bien la patience. J'ai pris le premier train pour me rendre à l'adresse que mon père m'avait fournie.

Je ne savais pas comment réagir quand j'ai su ce qui était arrivé. Je l'ai appris par les voisins curieux. Pas de jambes pour rentrer à la maison ; pas de courage pour regarder le visage de mon père ; pas de voix pour annoncer la vérité. Mais je l'ai fait. Il avait le droit de savoir.

J'ai raconté tout ce que j'avais entendu quelques minutes auparavant. « Une voiture l'a percutée et La dame est morte sur le coup. » Mon père écouta mon rapport, me remercia d'un signe de tête et se réfugia dans sa chambre. Et, depuis, il n'a plus dit un mot. Il est devenu muet. Du jour au lendemain, il est devenu muet et n'a plus parlé à personne.

C'était il y a combien de temps ? Combien d'années ? Quelle importance ? En tout cas, le temps passe vite. Assez vite pour faire digérer ce qui est indigeste. Sa maison d'édition, amaigrie, son équipe réduite à deux personnes, publiait difficilement une dizaine de titres par an dans de petits tirages avec une diffusion très limitée.

C'est quelques mois, ou quelques semaines, ou quelques jours – c'est pareil – avant la mort de mon père que je me suis installée ici. Mon déménagement fut rapide, comme mon changement de rythme de vie. Mon contrat de chargée de cours à la faculté de droit n'avait pas été renouvelé et on m'avait interdit d'exercer mon métier d'avocat. Pourquoi ? Ils ont leur logique à eux. On ne la comprend pas, puisque ce n'est pas la nôtre. Un jour, j'ai reçu une lettre et c'est tout. Bref, j'ai rendu mon appartement, j'ai fait ma valise et atterri ici, dans la maison paternelle. Après la mort de mon père, je n'avais pas d'autre choix que de licencier la petite équipe de sa maison d'édition et de tout faire toute seule. Toujours un petit nombre de publications, pour donner le change. Cela fait longtemps qu'on ne reçoit plus autant de manuscrits qu'auparavant. Trop d'attente stérilise l'espoir. Trop d'échecs apportent l'amertume. Néanmoins, il y a, comme toujours, ceux qui résistent au désespoir et qui continuent à cultiver leurs rêves.

De temps en temps, un roman échappe aux lames de leurs agents lecteurs et son texte quasi indemne arrive jusqu'aux tables des librairies. Personne ne félicite son auteur. L'amertume règne sur cette terre fertilisée par la peur. Mais il s'en trouve toujours certains qui achètent, qui lisent et qui absorbent la littérature.

Dans ces circonstances, il ne s'agit plus d'un livre, ou d'un texte, il dépasse son statut de fiction, de conte, d'histoire ; il s'est transformé en une goutte de pluie qui arrive sur un sol desséché. Et mon vrai boulot, c'est ici. Depuis un bon moment, je vis et travaille dans cette cave. Je lis et choisis les textes orphelins, rejetés, confisqués, emprisonnés dont mon père avait gardé une copie, et ceux des autres éditeurs qu'il avait à l'époque recueillis avec Sa dame. Je les ai tous lus. Ses créateurs ont disparu, sont tombés en dépression, partis en exil, ou ont cassé leur plume. Certains continuent à écrire comme un acte de résistance, mais en tout cas les textes sont là, les meilleurs de ce demi-siècle de la littérature cachée dans l'ombre. J'ai beaucoup réfléchi. On n'a pas d'autre choix que de protéger ces manuscrits étouffés et coincés dans leur sinistre salle qui pue la cendre des écrivains disparus que tout le monde préfère oublier. Personne ne connaît le nombre exact d'auteurs estompés, transformés en cendre de l'oubli. L'oubli, c'est le remède contre l'amertume, la meilleure manière d'avaler le piètre poison ; c'est ce que disait mon père. J'étais sur ce chantier quand tu es apparu. Quand je t'ai cherché sans savoir où ce chemin m'emmènerait.

Et maintenant, nous voilà.

En fait, quand je me suis installée ici, et surtout après la mort de mon père, j'ai eu une forte envie de suivre les traces de la Dame. Ses voisins curieux m'ont aidée à trouver sa fille, ta mère. Quand j'ai fait sa connaissance, on s'est tout de suite mises à pleurer. Elle ne nous connaissait pas, ni moi ni mon père. Elle pensait que j'étais la thésarde que sa mère archiviste avait aidée. Mais je connaissais tout d'elle, et de son mari, ton beau-père. En fait, ta grand-mère m'avait parlé du personnage louche de ce pseudo-comptable du ministère devenu son gendre. En parlant avec ta mère, j'ai aussi remarqué qu'elle avait une confiance absolue en son mari. Nous avons parlé de tout et de rien. Puis ta mère m'a dit que son fils était informaticien, qu'il travaillait à l'étranger et qu'il n'y avait pas de vraie relation ni d'affinité entre elle et lui. J'ai fait semblant de n'avoir rien entendu à ce sujet. Ta grand-mère m'avait évidemment parlé de toi et de votre amitié complice. Je ne croyais même pas une seconde qu'on en arriverait là. Quand je suis rentrée chez mon père et que je lui ai raconté la fin de « sa Dame », le malheur s'est accéléré. Il était inconsolable. Le silence devint son pays, jusqu'à son dernier jour. Le manque d'amour, de travail, d'amis, de force pour résister et l'effacement de ses passions l'ont affaibli. Il est mort dans son sommeil, dans son silence. J'ignore combien de temps a passé. J'ai trouvé ce boulot clandestin de consultation juridique et j'ai décroché un contrat de vacataire pour enseigner à la faculté des Lettres et Sciences humaines. C'est un petit contrat qui masque mes activités illégales et clandestines. Mais c'est l'édition fantôme qui devint mon vrai métier ; la gardienne des beaux manuscrits.

J'ai bossé comme une folle pour créer mon petit réseau, de l'auteur isolé au libraire devenu kiosquier. Et tu as remarqué le « petit » résultat.

J'ai pensé à toi le jour où je me suis aperçue qu'il n'était plus prudent ni pratique de continuer à stocker les manuscrits sur papier dans la cave. J'étais obligée d'alléger, voire de vider la pièce, et la numérisation des manuscrits était la seule solution. Je voulais tout simplement te trouver sur Facebook et éventuellement avoir l'avis d'un spécialiste sur la numérisation de ces textes, pour qu'on puisse garder une version numérique de chaque manuscrit et ainsi les conserver de manière sûre et vigilante. Je ne connaissais aucun informaticien autour de moi à qui je puisse me permettre de parler de ce projet potentiellement dangereux. La prudence est ma première règle. C'était risqué, c'est risqué, tout est risqué dans ce pays. Et un jour, j'ai pensé à toi complètement par hasard. C'était un jour d'automne. J'avais acheté trois grosses grenades que j'étais en train de placer dans la grande assiette en verre bleu posée sur la table basse. La lumière du soleil chaud du milieu de la journée s'est reflétée sur cette assiette en verre bleu. Et cette image m'a fait tout d'un coup penser à mon père, qui adorait la chaleur automnale et qui disait toujours : « Le soleil de la fin d'automne est fait pour qu'on s'installe devant la fenêtre pour découper une belle grenade et déguster ses arilles charnus. » Un simple rayon du soleil automnal m'a fait plonger dans les souvenirs et mon père m'a terriblement manqué. Je suis allée dans son bureau pour lire quelques lignes de son carnet. Son écriture me fait toujours du bien. J'ai ouvert le carnet par hasard et je suis tombée sur une note concernant la joie que « sa Dame » avait partagée avec lui.

Il avait écrit : « Son petit-fils informaticien est intégré dans une prestigieuse université, et elle est aux anges. Je n'ai qu'à la regarder et profiter de cette joie qui illumine son visage. Le bonheur se résume à ces petits riens ; si on arrive à les capter. » Ce clin d'œil au petit-fils informaticien m'a fait penser à te chercher sur Facebook. J'étais amie avec elle, et je t'ai trouvé sans peine ; envoyé une demande d'amitié et ainsi de suite. J'ai beaucoup hésité à te parler de mon vrai projet. D'un côté, sachant que toi et ta grand-mère aviez une profonde relation, cela m'a encouragée à te faire confiance. De l'autre, j'avais peur. Il était clair que ton beau-père était quelqu'un du système et, n'ayant plus revu ta mère, je ne savais pas si la relation entre elle et toi s'était rétablie avec le temps ou si l'absence d'affinité entre vous était encore d'actualité.

Donc, je t'ai envoyé un petit message… et tout est parti tout seul ! De Facebook aux e-mails, et puis WhatsApp, message après message, on s'est approchés, sentis, reniflés. Les mots qui illuminaient l'écran de mon téléphone m'ont décidée à te faire confiance ; non, je t'ai fait confiance sans le décider. C'est peut-être la passion qui nous a rapprochés. On dirait que leur passion était contagieuse. On en a hérité et on l'a apprivoisée. Puis, tu es rentré un jour sans prévenir, et on s'est rencontrés et le courant est passé. Les deux semaines que tu as passées ici dans cette cave pour m'aider à numériser les archives se sont écoulées très vite, trop vite. Dans cette courte parenthèse qui a marqué nos vies, ces archives devinrent notre secret que l'on gardera jusqu'au jour où ce ne sera plus un secret pour personne.

Depuis que tu es reparti, j'ai pensé à ces quatorze jours pendant lesquels tu as fait partie de ma vie, sans qu'on se parle beaucoup. J'ai essayé de revivre ces moments intenses où l'on travaillait comme des fous et, quand on parlait, c'était plutôt de la qualité des textes, de leur langage, de leur beauté et de l'absurdité de les faire interdire. Je ne savais pas grand-chose de ta vie, de tes sentiments, ni de tes rêves ; et réciproquement. Ces deux semaines de travail ont été sublimement marquées par cette petite parenthèse de dernière minute. L'embryon de nos sentiments se forma peu avant que ton taxi arrive et t'emmène à l'aéroport. Les simples câlins, les « hugs » amicaux, incapables de nous rassasier, nous ont démasqués. Tes bras, ta respiration, ton odeur, tes murmures, tes mains, ta voix, ta peau brûlante, ton regard perdu dans le mien nous ont nourris, et nous essayions d'ignorer les minutes, les petites minutes agaçantes qui nous rapprochaient de la séparation. Quand tu es parti, j'étais triste, triste, triste, très triste, et en même temps soulagée d'avoir finalisé un grand travail de numérisation des manuscrits. Je n'aurais rien osé dire si tu ne m'avais pas envoyé cette lettre de plusieurs pages que j'ai lue maintes fois et que je connais maintenant par cœur, mot par mot, virgule par virgule. Elle m'a donné le courage de t'écrire à mon tour. Par cette lettre, pas aussi longue que la tienne, j'ai essayé de tout te raconter. Maintenant, c'est à mon tour de te rendre ce précieux « je t'aime » que tu m'as écrit en plusieurs langues.

Je me vois comme un roman dont tu es le personnage principal. À toi de me faire avancer.

En fait, la balle est maintenant dans ton camp. Tu me réponds si/quand/comme tu le souhaites.

À plus tard…

8. Le jeune homme

La clé qui ouvre la porte permet d'injecter une bouffée d'air frais dans la salle des manuscrits en attente.

— Par où commencer, monsieur ? dit le jeune homme.

Ses yeux paraissent plus gros derrière ses verres de lunettes d'hypermétrope.

La salle est emplie d'une odeur désagréable. L'homme en costume marron regarde autour de lui. Il essaie de maîtriser sa nausée. Il emplit ses poumons avec une profonde inspiration et reste silencieux.

— Y a du boulot.

— C'est déjà nettoyé, mais ce serait pas mal que tu décapes la salle.

— On m'a dit qu'il fallait débarrasser les livres qui ne servent à rien, mais y'a plein de choses ici qui n'ont rien à voir avec le papier.

L'homme en costume marron ne dit rien. Il n'a plus l'air gêné par la puanteur.

— Cette odeur est infecte. Bon sang ! dit le jeune homme à lunettes. N'est-ce pas, monsieur ?

— Est-ce que tu n'étais pas éboueur ?

— En fait, j'ai d'abord été fossoyeur et puis…

— En tout cas, tu ne roulais pas dans les pétales de rose.

— Et j'ai appris qu'il vaut mieux fermer la bouche que de se boucher le nez.

Il le dit en souriant fièrement.

— Bon ! Au boulot. Un rapide nettoyage, et puis faire du tri.

— Il y a de tout ici, même des carcasses de portables.

L'homme à lunettes le ramasse avec une pince à déchets et le lance dans un grand bac. Il continue à parler au ralenti, sa voix est nasale et aiguë. Contrairement à l'homme en costume, dont le ton autoritaire cloue chaque mot au sol de la salle.

— Bon. Après le nettoyage, ignore les porte-documents marron ou blancs, mais prends les manuscrits placés dans les porte-documents bleus et mets-les dans ces grandes boîtes en carton. Est-ce que c'est clair ? Tu prends uniquement les manuscrits avec ces chemises bleues, et puis tu les mets dans les cartons. Comme ça, on gagnera déjà pas mal de place.

L'homme à lunettes regarde toutes les étagères portant les documents revêtus de bleu.

— Ah ça, c'est facile. Avec les étagères vidées des bleus, on gagnera beaucoup de place.

Il examine le sol :

— Et c'est quoi ces taches grisâtres aux quatre coins de la salle ?

L'homme en costume marron se tourne vers la porte :

— Là, c'est déjà nettoyé. Tu t'occupes plutôt des trucs dans les chemises vides.

— Et qu'est-ce que je dois faire des chemises vides, monsieur ?

— Mets-les de côté. On en aura besoin pour les trucs à venir. Mais leurs contenus sont à jeter dans les boîtes en carton.

— Et les boîtes en carton, dans les poubelles ?

— Plutôt au pilon. On aura besoin de papier.

— Ah ça, c'est sûr, monsieur.

— Mets tout cela dans ces grandes boîtes en carton et puis vide les cartons dans le grand bac noir derrière la porte. C'est un genre de poubelle. Compris ? Ce n'est quand même pas excessif, comme effort !

— Oui, monsieur.

L'homme quitte la salle en laissant la porte grande ouverte.

Le jeune homme à lunettes reste quelques instants immobile, se contentant de balader son regard dans la salle.

— Bon. Ils vont bientôt quitter le bureau, murmure le jeune homme, fraîchement embauché, bourré d'enthousiasme, impressionné par la responsabilité du nettoyage du sous-sol auquel tout le monde n'a pas accès.

La vieille femme de ménage de la maison de l'assistant du chef l'avait supplié d'embaucher son fils, qui avait ainsi été pistonné pour le poste. Le jeune homme venait de terminer son service militaire. Lui qui avait arrêté l'école en fin de CM2 avait aidé son père, le fossoyeur du cimetière de la mairie, et, après la mort de ce dernier, il avait travaillé comme éboueur. Personne n'était au courant de sa passion pour la lecture, et personne ne savait qu'il prête main-forte à un ancien libraire devenu kiosquier. Son physique de Quasimodo et ses lunettes d'hypermétrope avaient fait leur effet pour que les supplications de sa mère fonctionnent, et pour que l'assistant du chef le recrute pour effectuer le ménage et la surveillance de la salle des manuscrits.

La salle froide, illuminée en blanc par les tubes fluorescents, parle avec le jeune homme dans un silence intimidant. *Le kiosquier m'avait averti*, pense-t-il en observant les murs. *Son pote avait été oublié ici jusqu'à en mourir.* Il fixe son regard sur le coin de la salle. *C'était peut-être pas le seul.* Il laisse son regard se balader et murmure : *Putain ! c'est un cimetière ou quoi ?* Et il se met au travail.

C'est déjà nettoyé ! Mon œil ! Les cadavres, oui, ils sont déjà évacués. Faut pas être un apprenti fossoyeur pour piger que ce sol sent la mort.

Le frottement du sol fait un bruit puant. L'odeur des saletés diluées dans les produits nettoyants bon marché sature l'air de la salle. Vigoureusement, il ramasse tout. Petit à petit, la pièce se vide des objets, des poussières, et de tout ce qui n'a rien à voir avec du papier. Il sort et remplit la grande poubelle avec le contenu du bac surchargé. Puis revient avec un seau d'eau et une grande serpillière. Le sol en mosaïque composé de pièces blanches et grises retrouve ses couleurs. L'odeur de la javel masque tous les relents. Il se met ensuite à vider les étagères recouvertes des documents bleus. Les manuscrits sont entassés, les uns sur les autres.

Les heures passent et les étagères vides témoignent de l'efficacité de son travail. *Allez. Le boulot ne fait que commencer*, se dit-il. Transpirant et essoufflé, il regarde l'heure affichée sur l'écran de son téléphone.

Dehors, il fait plus froid que ce qu'on attendrait pour la mi-octobre. L'automne fait se précipiter la nuit. Il sait que la plupart des employés sont partis. Depuis quelques semaines, il effectue ses tâches en surveillant les allées et venues. Perfectionniste, il tient à ce que ce qui lui est confié soit effectué sans faute. Bien qu'il ait faim, il préfère finir avec ce qui est le plus important, à savoir récupérer les papiers journaux qui l'attendent chez son ami le kiosquier, à près d'un kilomètre du ministère. Il fait plusieurs allers-retours entre ces deux lieux afin de transférer les grands sacs remplis de papiers, placer les papiers dans les cartons, remplir les sacs avec les manuscrits et puis disposer les sacs chez le kiosquier. Il sait que « l'éditrice » va passer le lendemain chez le kiosquier pour récupérer les manuscrits. Le jeune homme, un grand lecteur de romans, l'a rencontrée deux fois et il est fier de faire partie du comité de lecture de son petit réseau d'édition clandestin. La rue est calme. Personne à l'entrée du ministère. Le gardien lui lance un regard et tourne la tête vers l'écran de son téléviseur. L'homme à lunettes le salue, et continue. L'excitation le rend plus calme. La fatigue, le froid et la faim deviennent supportables quand le cerveau est occupé. Un sac dans chaque main et un caché dans le grand sac à dos, il les fait entrer dans la salle.

Les deuxième et troisième allers-retours s'effectuent sur le même rythme. Le gardien ne le regarde même plus.

Pas de place pour la fatigue ; pas de droit à l'erreur ; pas question d'éveiller les soupçons ; pas de temps à perdre.

Le bâtiment se vide de ses saletés, murmure-t-il.

Il ne lui reste qu'un voyage, pour le dernier échange des papiers contre les manuscrits.

Arrivé dans la salle, il range les papiers dans les boîtes en carton destinées au pilon et les dissimule sous une couche de manuscrits.

La salle est propre. Les dossiers bleus sont bien vidés. Les étagères respirent l'espace libéré. Les cartons sont tous déposés dans le bac pour le pilon. Le dernier sac se remplit de manuscrits. « La fille de l'éditeur vous attend », dit le jeune homme en approchant sa tête du dernier sac, et il chuchote : « Au lieu du pilon, vous serez envoyés dans un endroit plus sûr. L'éditrice prendra soin de vous et vous serez publiés en numérique et, tôt ou tard, sur papier. »

Au passage, il s'arrête chez le boulanger, qui est en train de nettoyer la boutique. La faim lui a appris à ne pas être difficile. Il mange de tout. Il prend ce qui reste et laisse le boulanger fermer son rideau métallique.

Il marche lentement. La fatigue s'installe, une fatigue satisfaisante. Sa mission est accomplie. Le petit studio de son ami le kiosquier approche. L'air frais sent l'automne.

Une fois arrivé, il prend une douche et s'installe. La petite table à manger l'attend.

Il dépose le contenu du sac de la boulangerie sur cette table à manger, son sandwich, sa bouteille de soda, son gâteau pour le dessert. Puis il prend un des manuscrits empilés dans le sac le plus proche de la table. *Ce n'est que le début. Le monsieur assistant du chef a construit un nid de serpents dans sa demeure !* se dit-il avec un pâle sourire amer. *On va le niquer par là où il n'imagine même pas.*

Il avale une bouchée en dégustant le premier chapitre d'un manuscrit inachevé intitulé *Je ne suis pas un roman.*

Corrigé par les fabuleuses Hania Jalkh et Hélène Boudinot.

Composé par la talentueuse Chloé Madeline.

Merci l'open source pour les typographies :
Gesine Todt, la créatrice de la typo Amaranth ;
Łukasz Dziedzic, le créateur de la typo Lato ;
Steve Matteson, le créateur de la typo Open Sans ;
Et Robert Slimbach, le créateur de la typo Adobe Garamond.

NOS LIVRES

ZAHRA ABDI
La complainte de la limace
SOCORRO ACIOLI
Sainte Caboche
HAMDI AL-GAZZAR
Aux femmes
OSSAMA ALAYSSA
Les fous de Bethléem
IULIAN CIOCAN
Le royaume de Sasha Kozak
L'empire de Nistor Polobok
LEYLA ERBIL
Une drôle de femme
MARCIAL GALA
La cathédrale des noirs
FILIP GRBIC
Errance
RENE KARABASH
Vierge jurée
DAMIR KARAKAŠ
Blue Moon
MONIKA KOMPANIKOVA
Le cinquième bateau
THOMAS KOROVINIS
Le cycle de la mort

FUTHI NTSHINGILA
Enrage contre la mort de la lumière
OLUMIDE POPOOLA & ANNIE HOLMES
Brèches
JEAN-CHAT TEKGYOZYAN
La ville en fuite
Troisième sexe
LATIFE TEKIN
Dérives
AGATA TOMAŽIČ
Ce que l'on ne peut confier à sa coiffeuse
CORINA SABAU
Et on entendait les grillons
SERAY ŞAHINER
Ne tournez pas la page
La coiffure de la mariée
SHPËTIM SELMANI
Opuscule de l'amour
EMRAH SERBES
Taksim Moonwalk

ET...

ADINA ROSETTI – VICTORIA PATRASCU – IULIA IORDAN – LAURA GRÜNBERG – CRISTINA ANDONE
Désobéissantes

Imprimé en France par
CPI Bussière
en août 2022
N° d'impression : 2066449
Dépôt légal : septembre 2022